Ringelnatz zum Vergnügen

Herausgegeben von
Günter Baumann

Mit 15 Abbildungen

Philipp Reclam jun. Stuttgart

RECLAMS UNIVERSAL-BIBLIOTHEK Nr. 18804

Umschlagillustration: Nikolaus Heidelbach, Köln
Umschlaggestaltung: Eva Knoll, Stuttgart
Gesamtherstellung: Reclam, Ditzingen. Printed in Germany 2011

ISBN 978-3-15-018804-0

www.reclam.de

Inhalt

Vorwort

»Ich schreibe immer mich selbst« –
»Ich reise durch meine eigene Brust«

Zwei Seelen in einer Brust? Ach: Joachim Ringelnatz (1883–1934) war eine zu multiple Persönlichkeit, um sich damit zufrieden zu geben: Geboren als Hans Bötticher, schlüpfte er gleich in mehrere beseelte Leiber – als Fritz Dörry, Fritz Heiter, Gustav Heister, Pinko Meyer und schließlich Joachim Ringelnatz, der so sehr Person von Bötticher ergriff, dass er selbst noch die Kunstfigur Kuttel Daddeldu schaffen musste, die doch niemand anderes war als der maritim angetörnte Widerpart seines kauzigen Urhebers; Daddeldu wurde mit Mutter, Braut und Bruder (Feix Daddeldu) ausgestattet, der irgendwann als »verschollen« galt. Und diese Seelen allesamt in *einer* Brust? Auch das unterliefe die Vielfalt des Multitalents Ringelnatz. Von den unzähligen Berufen bzw. temporären Handgreiflichkeiten – Bibliothekar, Buchrestaurator, Fremdenführer, Hausmeister, Obst- und Gemüsebauer, Reisebüroangestellter, Schlangenbändiger, Tabakhändler und Werbetexter – war Ringelnatz in erster Linie Seemann und in zweiter ein *dichtender* Seemann. Wenn er übrigens die Liste um »Auslagenarrangeur, Hirte, Tapezierer, Sekretär bei zwei Fürsten und so weiter« (zit. nach Muhr) erweiterte, dürfte einiges Seemannsgarn dabei gewesen sein, wie er überhaupt viele Gelegenheiten wahrnahm darauf hinzuweisen, dass seine Geschichten nicht nur erfunden, sondern glattweg erlogen – also nicht nur erdichtet – wären.

Als Seemannspoet war Ringelnatz ein Original (im 18. Jahrhundert hätte man gesagt: ein Originalgenie), und er ragt als Solitär empor, wo er als Ex-Matrose die Bühnen und Tanzcafés eroberte, nunmehr als »Artist« (so die Selbstbezeichnung), Bänkel- und Moritatensänger, Kabarettist (ein vorzeitiger Comedian) und Mime sowie – im Münchner »Simpl« – als Brettlphilosoph und Hausdichter, der unermüdlich durch die deutschsprachigen Länder und darüber hinaus tingelte, nebenbei auch noch ein Buch nach dem anderen publizierte und noch Zeit fand, ein erstaunliches Mal- und Zeichentalent zu entfalten. Ein solcher Mensch war zum spätklassischen Weltbürger in der gesittet zerrissenen Form à la Faust nicht geboren, wohl aber zum Weltenbummler mit unbändiger, ja überbordender Phantasie: halbnüchtern unterwegs auf der Erde, wo nun mal im Allgemeinen das Grab wartet, vor allem und im Besonderen zu Wasser und in der Luft – auch das, und sei es auf einem pegasusgleichen Drahtesel oder im Fesselballon. In seiner ›Novelleske‹ *Vom Tabarz* lässt Ringelnatz seinen Fliegenforscher Professor Nipp während einer Schiffsüberfahrt ins Matrosenlogis klettern, wo er eine Runde ausgibt und mit den Seeleuten plaudert: »Es waren merkwürdige Kerle, etwas einseitig, aber durchaus gar nicht dumm, sondern sogar nachdenklich und amüsant. Wie sie bei großer Weltkenntnis oft noch am seltsamsten Aberglauben festhielten, wobei ihre schnurrige Phantasie die wunderlichsten Wege ging.« (WMO, 20) Das Klischee des trinkfesten, aufschneiderischen Matrosen in einer ehrlichen Haut – es reicht bis hin zu Käpt'n Blaubär – bediente Ringelnatz bravourös, auch wenn der disziplinierte Schauspieler in ihm den Trunkenbold auf der Bühne zunächst nur mimte, bevor jenes Klischee und das Echtbild zu später Stunde allmählich ineinander verschwamm.

Doch flößte dem Dichter keineswegs irgendeine Meeressirene den Musensaft ein. Dazu war der Schiffsalltag viel zu prosaisch: entbehrungsreich, im kameradschaftlichen Umgang brutal, gelegentlich weltverloren und obendrein weniger abenteuerlich, als zu vermuten wäre – die große weite Welt schrumpfte für gewöhnlich auf die Hafenspelunken in Algier, Antwerpen, Boston, Buenos Aires, Konstantinopel, Lissabon, Narvik, New York, Odessa, Rio de Janeiro und Venedig herunter. Am Anfang von Ringelnatz' Karriere war vielmehr: der Komplex. An seiner Person nahm er alles krumm, nicht nur seine Beine (vgl. Al 61 f.); er selbst sei »schief ins Leben gebaut« (KD 62) und »immer schief gelaunt« (Br 38).

Vortrag im Kabarett »Simplizissimus«, 1927

Andrerseits, wenn auch als *Unsichres Lied* in Frage gestellt: »Ein bisschen krumm / Gehen alle Pfade. / Allzu gerade / Wär gar zu dumm« (IM 100). Auch die fehlende universitäre Bildung machte ihm zu schaffen inmitten seiner Akademikerfreunde; in der mystisch-gelehrigen ›Hermetischen Gesellschaft‹ brachte er es gerade mal zum »kleinen mittleren Seitenvater Appendix«. »Du bist ein krummer, dummer Hund!« (Al 167) raunzt er sein lyrisches Alter Ego in dem Gedicht *An den Mann im Spiegel* an; erst durch die Schreiberei wagt er »zu glauben, dass mein alter wirklich ganz vereselter, stockdummer, lochhohler, rammdösiger Kopp wirklich etwas zu profitieren beginnt« (Br 20). Freilich nahm sich der etwas klein Geratene mit der großen Nase selbst aufs Korn, eine Flucht nach vorn: Wer hätte ihm auch die ernste Seite der Melancholie abgenommen, wo er »jenen Köpfen gleichsehe, die aus einer Witzkiste an langen Spiralfedern hervorschnellen« (zit. nach Muhr) – es blieb dem selbsternannten »Nasenkönig« (G 1910, 41, u. ö.) nur die humoreske Seite derselben Melancholie. »Ich bin überzeugt, dass mein Gesicht mein Schicksal bestimmt. Hätte ich ein anderes Gesicht, wäre mein Leben ganz anders, jedenfalls viel ruhiger verlaufen.« (Muhr) Tatsächlich litt er wohl an seinem Äußeren, das er weitgehend unter flatternden Hosen verbarg und von dessen entblößten Stellen er sicher auch mit dem obligatorischen Weinglas in der Hand ablenkte. Indem er eine skurrile Zoologie um sich herum erschuf und eine imaginäre Meute irrwitziger Figuren um sich scharte – er soll sogar ausgelatschte Stiefel und abgetragene Handschuhe verkocht und zu Fabeltieren geformt haben (vgl. Pape, S. 268) –, konnte sich seine Eitelkeit über die schnöde Wirklichkeit erheben.

Dabei zollten ihm die Dichterkollegen (darunter Max Hermann-Neisse, Hermann Hesse, Erich Kästner, Alfred Polgar, Kurt Tucholsky) und die fortschrittlich gesinnten Kritiker (Franz Blei, Kurt Pinthus) großes Lob, auch oder gerade weil sie wie Ringelnatz selbst im Klaren darüber waren, dass hier Wichtiges und Nichtiges, Banales und Fatales eine muntere Zweisamkeit eingingen und dass es »Künstler [gebe], die zwanzigmal bedeutender sind als er« (Oskar Loerke). Ausgerechnet dem vorgeblich halbgebildeten, alles andere als formvollendeten Lyriker und Meister der kleinen Prosaform wurde in der Presse eine literarische Schnittmenge zuteil, die ihresgleichen sucht: Seine Bewunderer entdeckten Verwandtes zu Heine und Mörike, Rimbaud und Villon in Ringelnatz' Versen, sie machten ihn zum »Hölderlin von heute« (O.E. Hesse), zum »Bruder Karl Valentins« (M. Hermann-Neisse) und dem des Exzentrikers Li T'ai-Po (d.i. Li Bo), zum »fröhlichen Epigonen Morgensterns« (H. Flemming), zum »norddeutschen Peter Altenburg« (R. Müller). In der so fragwürdigen wie spektakulären Ahnengalerie finden sich noch Namen wie Grimmelshausen, Kerr, Maupassant, Shakespeare, Tschechow, Twain und Whitman. Aber was heisst das anderes als eine gewisse Ratlosigkeit seitens der Kritiker und ein immenser Facettenreichtum des literarischen Autodidakten, der manche der genannten Autoren noch nicht einmal gelesen hatte (wohl aber die Wände der Galerie sehr viel aussagekräftiger noch mit Gontscharow, Karl Philipp Moritz, Rabelais, Sterne und dem dänischen ›Geheimtipp‹ Bergsøe ausschmückte)?

Die weitgehende Verzückung vor dem Werk, das vor keiner Derbheit Halt macht und hemmungslos noch das Fäkalvokabular in den Reim zwingt, dann wieder in einen ergreifend zärtlichen Ton fällt, ist erstaunlich. Doch das Rezept für den offenkundigen Erfolg vor allem der Turngedichte und seines Kuttel Daddeldu war vielleicht einfacher, als man denkt: Ringelnatz war urkomisch, aber kein Witzbold. Allerdings musste er sich seine Stellung hart erkämpfen. »Die Deutschen neigen dazu«, so schrieb Kurt Pinthus, »einen Dichter, der Spaß macht […], nicht ernst zu nehmen. Vergessend, dass Spaß die tiefere Art von Ernst sein kann« (zit. GW 2,406). In dieser Verwandtschaft ähnelt Ringelnatz einem Clown, der umso komischer wirkt, je tiefer, tiefsinniger sich seine Mundwinkel nach unten ziehen. So brachte es Erich Kästner auf den Punkt: »Denn er lacht ja nicht, weil er lustig, sondern obwohl er traurig ist« (zit. GW 2,499). Hintergründig, aber ohne jegliches Pathos durchreist Ringelnatz die Niederungen von Mensch und Tier im Allgemeinen und seiner selbst im Besonderen, er sucht bevorzugt das unter Größerem verborgene Kleine – bedichtet wird alles, vom Schnürsenkel über die eigene Spucke bis hin zur Stubenfliege.

Ringelnatz gelang, wovon viele Dichter träumen: Seine Zuhörer amüsierten sich köstlich, ohne dass er kalauern oder blödeln musste. Und dabei sind noch seine belanglosesten Sujets selten harmlos. Macht er sich etwa in dem Gedicht *Großplatztauben* Sorge wegen eventueller Hinterlassenschaft auf seinem Hut, so steckt dahinter die pure Geldnot (»Ich kann mir nicht viele Hüte erlauben«; FG 120); der Lakonismus erinnert an Jakob van Hoddis' fliegenden Hut in *Weltende*. Betont unpoetisch, schreibt er sich selbst aus der Warte seiner zweiten Natur, die – so konstatierte Oskar Loerke – mit »Scheinwerfereigenschaften [...] in das Werk [leuchtet]«, und Alfred Polgar pflichtet bei: »ich weiß wirklich nicht, ob man Ringelnatz was Liebes tut, wenn man ihn als Dichter ruft. Aber er ist einer. [...] Im Widerspruch gegen sich selbst. Seine Verachtung des Poetischen, das ihn stößt, wie der Schluckauf den Säufer, macht ihn zum Poeten« (GW 2,418). Da Ringelnatz alias Bötticher als Daddeldu, als namenloser Seemann, reisender Artist oder fußkranker Vorturner der Nation stets in eigener Sache unterwegs ist, kann er zugleich an seiner Autobiografie stricken und eine reine Fiktion zusammenspinnen – was Sinn und Unsinn ist, lässt sich zuweilen so schwer auseinanderhalten wie der Tränenfluss lachender oder weinender Augen. Denn »die koboldische Lust am Verwirren« (Polgar, ebd.) ist ja zumeist die komische Zurschaustellung schmerzlicher Grunderfahrungen wie Armut, Hunger, Krankheit und Tod. Diesen schon vor Augen, schrieb er 1934 seinem Freund Otto Linnemann, er habe sich »dünn gehustet […]. Wenn Du mal einen Kleiderständer brauchst ––?« (Br 476). Selbst sein weltschmerzhaltiges Lieblingslied *La Paloma*, das er sich zu Ehren häufig singen lässt in seinem Werk, nahm er nicht auf die leichte Schulter und beschwor damit die seemännische Freiheit, genauso, wie es zehn Jahre nach seinem Tod der ›singende‹ Gesinnungsgenosse Hans Albers tat in dem Film *Die große Freiheit Nr. 7*.

Auf der Gratwanderung der gehobenen Clownerie fanden sich bis heute nur wenige würdige Nachfolger. »Oh, wär ich / der Kästner Erich! / Auch wäre ich gern / Christian Morgenstern! / Und hätte ich nur *einen* Satz / vom Ringelnatz!«, so tastete sich Heinz Erhardt zu ihm vor – auch erfahren als Marinesoldat und Trinker –; er war sich aber bei aller Nähe sicher: »Doch nichts davon!« Trefflich ausgemacht hat allerdings die Ringelnatz-Stiftung zwei Autoren, die auf einer Welle mit Ringelnatz zu reiten vermögen und die auch die zwei bislang vergebenen Joachim-Ringelnatz-Preise der Stiftung 2002 und 2004 erhielten: Peter Rühmkorf und Robert Gernhardt. So scheinen die zuweilen besorgniserregenden Welt- und Zeitläufte zum Glück auch weiterhin in schalkhafter Unordnung zu bleiben.

I

Prolog oder »Gehupft wie gesprungen«

Da las ich vor. Rings lachte es.

Einleitung

Viel passiert zu allen Zeiten
In der Welt der Kleinigkeiten.

Stimmt bald ernst und stimmt bald heiter. –
So, nun blätt're, bitte, weiter.

Avant-Propos

Ich kann mein Buch doch nennen, wie ich will
Und orthografisch nach Belieben schreiben!
Wer mich nicht lesen mag, der lass es bleiben.
Ich darf den Sau, das Klops, das Krokodil
Und jeden andern Gegenstand bedichten,
Darf ich doch ungestört daheim
Auch mein Bedürfnis, wie mir's passt, verrichten.
Was könnte mich zu Geist und reinem Reim,
Was zu Geschmack und zu Humor verpflichten? –
Bescheidenheit? – captatio – oho!
Und wer mich hasst, –– sie mögen mich nur hassen!
Ich darf mich gründlich an den Hintern fassen
Sowie an den avant-propos.

»Mehr Humor, Gustav, Ataraxie auch im Verrecken!« sagt Pinkomeier. »Du lässt dich vom ersten Eindruck erwürgen. Krieche stumm in die Dinge hinein; alle, die empörendsten, sehen innerlich ganz natürlich fleischfarben aus. Und ob in der Mühle die unterste Bohne bevorzugter sei als die oberste, die bis zuletzt den andern auf den Köpfen tanzt …? Pah, gehupft wie gesprungen! Studiere du unbekümmert weiter und glaube mir: Es ist kein so großer Unterschied zwischen der Bibel und dem Berliner Adressbuch.

Zeichnung von Ringelnatz, 1913

II

Ringelnatz, Daddeldu & Co. – Streifzüge durch ein Leben

Frühestes

Ein Dienstmädchen trug mich auf dem Arm oder führte mich an der Hand. Es war noch jemand dabei. Wir standen am Rande eines trostlos schlammfarbenen Wassers, das in die Straße eingedrungen war und – wenn mein Kleinkindergehirn recht verstand – immer höher stieg. Und der Himmel war gewittergelb. So schlimm, so trostlos war das!

Das Dienstmädchen machte mich offenbar gern gruseln. Denn andermal zog sie mich auf einem Friedhof trotz meines weinenden und schreienden Protestes vor ein Kreuz, an das ein großer, schreckeneinflößender, nackter Mann genagelt war.

Das ist meine am weitesten zurückreichende Erinnerung.

Geboren bin ich am 7. August 1883 zu Wurzen bei Leipzig und die Neigung zum Schriftstellern, die mich von frühen Jahren an begleitet, habe ich wohl zum Teil vom Vater mitbekommen. In Leipzig besuchte ich sehr vorübergehend ein Gymnasium und erwarb auf einer Realschule das Einjährig-Freiwilligen-Zeugnis. Eine unbändige Abenteuerlust ließ mich den Seemannsberuf wählen. Ich fuhr als Schiffsjunge, Leichtmatrose und Matrose auf Seglern und Dampfschiffen einige Jahre lang, nach Süd-, Zentral- und Nordamerika, Afrika, Spanien, Russland – nach etwa 22 außerdeutschen Ländern. Einige davon lernte ich näher kennen, indem ich mehrmals desertierte und mich dann, meist mittellos, herumtrieb, bis ich irgendwelche Beschäftigung fand. So war ich einmal Verwalter eines recht wilden Boarding-house, ein andermal »Schlangenbändiger« in einer Jahrmarktsbude. 1904/5 erledigte ich meine Militärzeit bei der Kaiserlichen Marine. Hierauf absolvierte ich eine zweijährige kaufmännische Lehrzeit bei der Ruberoid-Gesellschaft in Hamburg, die mich dann in Leipzig als Kommis beschäftigte und später von Frankfurt a. M. aus Hessen bereisen ließ. Nebenbei schrieb und zeichnete ich für Reklame. Meine Immatrikulation an der Leipziger Universität musste ich bald aus pekuniären Gründen rückgängig machen, und nachdem mein unüberwindlicher Wandertrieb mich erfolglos als fahrender Musikant mit der Mandoline nochmals nach Holland, Belgien und England geführt, eröffnete ich in München ein kleines Zigarrengeschäft, das gute Freunde und Mangel an Kapital nach neun Monaten aus dem Gleichgewicht brachten. Ich ging den lustigen, luftigen Weg der Boheme und beschloss endlich, mich ganz und ernster auf meine Feder zu verlassen. Mein Leben bisher war oft bitter hart und fast immer einsam gewesen; erst später fand ich einige, aber tüchtige, wertvolle Freunde. Ich hatte, durch eigene Schuld, Not und Elend miterlebt. Diese Jahre waren aber auch ungemein interessant und reich an seltenen Bildern und Erlebnissen gewesen. Besonders das weite Meer und das große Weltgetriebe wirkten mächtig ergreifend und anregend auf mich.

Ich bin ein uralt Kind, [...] übrigens steht dies wortwörtlich in einem meiner Gedichte. Und sie sind nicht schwer zu erraten, weil leicht erfühlbar – ich selbst. Moi même. Boys, der Wein ist gut! Was hab' ich schon alles getrunken ... Nie genug, nie genug. Ach ja, ich bin Deutscher; stamm' ich aus Passau, Leipz'ch oder von der Waterkant? Ich weiß es nicht. Meine Heimat ist die See, seine Heimat ist das Abenteuer, die Dauer im Wechsel. Oder eigentlich auch nicht. Seht, heute mit meinen einundvierzig Jahren liebe ich eine Häuslichkeit, ich liebe es, mein Heim auszuschmücken, in Ruhe zu lesen, rauchend zu ruhen. Vielleicht gerade deshalb, weil ich fünfunddreißig Berufe gehabt habe und in ebensovielen Ländern herumgekommen bin. Ich war Auslagenarrangeur, Hirte, Tapezierer, Sekretär bei zwei Fürsten und so weiter … hauptsächlich aber Seemann. Und nebenbei schrieb ich immer wieder.

Übrigens war schon mein Vater ein ziemlich bekannter Schriftsteller aus dem Kreise der Trojan (Herausgeber des »Kladderadatsch«) und Seidel, Autor von *Leberecht Hühnchen*. Ich schlug, wie man sieht, sehr aus der Art. Künstlerisch kenne ich keine Richtung. Ich schreibe immer mich selbst. Da ist auch äußerlich viel los. Ich begann als Schiffsjunge auf einer Segelbarke. Ich avancierte in den Krieg hinein und war zuletzt Kommandant eines Minensuchers, bravo. Wenn ich aus einer Luke emporstieg, sagten meine Kameraden immer: »Es kommt nichts anderes als eine Nase heraus, an der, schaut man genauer hin, ein Tröpfchen hängt, das ist der Ringelnatz.« Ich bin überzeugt, dass mein Gesicht mein Schicksal bestimmt. Hätte ich ein anderes Gesicht, wäre mein Leben ganz anders, jedenfalls viel ruhiger verlaufen. Am meisten bekam ich zu hören, dass ich jenen Köpfen gleichsehe, die aus einer Witzkiste an langen Spiralfedern hervorschnellen. Boys, der Wein ist gut! Die Wirtin Kathi Kobus hat mich in die Schule genommen, Schwabing. ›Die elf Scharfrichter‹, Wedekind, Wolzogen, Mühsam. Dort scheiterten meine ersten Versuche. Drum machte ich andere, auf anderen Gebieten. Zum Beispiel im Leben. Ich habe es selbstverständlich weit gebracht. Ich bin Mitarbeiter des *Simplizissimus* und der *Weltbühne* Jacobsohns. Apropos, ›Simplizissimus‹! Der alte Grimmelshausen hat verdammt auf mich gewirkt, dann Rabelais, dann Tristram Shandy, Gontscharow, der Däne Bergsøe mit seiner *Alten Fabrik* und der *Anton Reiser* des Karl Philipp Moritz. All diese Werke empfahlen mir alte Freunde, denn ich kannte jene kaum dem Namen nach, ich, der Autodidakt. – Wie, Walt Whitman? Sie nahmen es als selbstverständlich an, dass ich ihn kenne? Nein, kenne ich leider nicht.

Die lange Nase

Eine Parabel

Hans wird der Nasenkönig genannt,
Denn er hat eine lange Nase.
Sie rufen's ihm nach auf der Straße.
Hans lässt sie rufen; er macht sich nichts draus,
Die Eltern und Bruder und Schwester zu Haus,
Sie lachen ja alle so oft ihn aus
Und spotten über die Nase.
Hans kommt in die Schule. Er hört, dass man lacht,
Dass man sich über ihn lustig macht,
Dass man vom Nashorn, vom Rüsseltier spricht
Und von der Gurke in seinem Gesicht. –
So folgt ihm der Ulk auf Schritt und Tritt
Und Hans lacht mit.

Er wird ein Soldat. Er wird ein Mann
Und überall trifft er den Spottvogel an.

Der pfeift und singt und lässt keine Ruh.
Hans lacht dazu.
Hans lacht dazu, wenn man witzelt und höhnt,
Er hat mit der Zeit sich daran wohl gewöhnt.

Hans freite des Nachbars Liesel so gern
Da drüben über der Straße.
Und er fragt ganz schüchtern mal bei ihr an,
Da sagt ihm die Liesel: Sie mag keinen Mann
Mit einer so langen Nase. ––

In der Nacht, im Garten vorm Rasenplatz,
Da küsst sich die Liesel mit ihrem Schatz.
Sie tanzen, sie springen, sie singen vereint,
Und drüben, über der Straße,
Im Stübchen, wo noch die Lampe scheint,
Sitzt Hans vorm Spiegel und weint und weint
Über die lange Nase.

Zeichnung von Ringelnatz, 1931

Was haben Sie mit Ihrem ersten selbstverdienten Geld gemacht?

[Eine Umfrage von Alfred Joachim Fischer]

Ich erwarb es mir als Siebenjähriger. Mein Vater, der Tapetenzeichner war, hatte mich in sein Atelier mitgenommen. Er gab mir den Auftrag, die Linien eines auf Pauspapier gezeichneten Musters mit einer Nadel zu perforieren. Weil ich das sehr sauber ausführte, belohnte er mich hinterher mit fünfzig Pfennig. »Kaufe dir dafür, was du willst.«

An meinem Horizont leuchtete türkischer Honig.

Ich raste nach Haus, um meiner Mutter mein Glück mitzuteilen. Sie streichelte mich lächelnd. »Kaufe dir, was du willst.« Dann ließ sie mich allein in der Wohnung zurück, um ein paar kurze Einkäufe zu erledigen.

Es klingelte. Ich öffnete. Ein Herr Hausierer sprach auf mich ein. Ich verstand ihn gar nicht. Aber ich wollte das nicht eingestehen und redete sehr gernegroßig. Da nahm er mich sehr ernst und redete noch schneller. Und weil immer die Worte »Fünfzig Pfennig« vorkamen und das Wort »Locken«, was mich im Unterbewusstsein so schön an unser Dienstmädchen Berta erinnerte, und weil ich so stolz darauf war, dass er mich so ernst nahm, geschah es, dass ich ihm die fünfzig Pfennig und er mir ein kleines Päckchen gab. Das schenkte ich meiner Mutter, als sie heimkehrte. Es enthielt mir ganz unvertraute Würmer, »Lockenwickel« genannt.

Ich könnte weinen, wenn ich daran denke, dass diese rührende Anekdote vollkommen erlogen ist.

Wenn [...] das Wetter oder ein Machtwort der Eltern uns zwangen, zu Hause zu bleiben, dann waren wir schon selbständig genug, uns miteinander oder einzeln zu beschäftigen. Es gab glücklicherweise damals in solchen Bürgerkreisen noch nicht viel und nicht so vollkommenes Kinderspielzeug wie heute. Das wenige, was der Weihnachtsmann vereint mit Großmama und einem wohlhabenden Onkel uns brachten – etwa ein Tivoli-Spiel, eine Gliederpuppe oder ein Brummkreisel aus Blech –, das ging heiter schnell entzwei. Erst das Experimentieren mit den Trümmern schuf wahres, weil schöpferisches Vergnügen. Das Wrack des Tivoli-Spieles fuhr noch herrlich in der Badewanne zur See. Die Gliederpuppe (das ist jetzt pure Lüge von mir, aber es hätte so sein können), also die Gliederpuppe wurde, weil das meiste davon abhanden gekommen war, immer wieder von neuem begraben; mit Zeremonien, die nicht auf Erlebnis basieren konnten. Begräbnisspiel.

Und in dem Kreisel (das ist nun wieder wirklich wahr), in dem Kreisel, den ich neugierig und mit großer Anstrengung oben geöffnet hatte und der seitdem nicht mehr brummte, kochte ich über einem Spiritusflämmchen: – Petroleum. Wollte wissen, was daraus entstünde. In mir steckte ein alchimistisches Genie, vielleicht von einer weitverzweigten Verwandtschaft mit dem Porzellanmacher Böttger her. Der Kreisel erhitzte sich. Ich war im Begriff –– Leider kam meine Mutter hinzu, sah, dass ich dieses chemische Experiment auf dem Fensterbrett unter schön gebauschten Tüllgardinen vornahm. Und verdarb mir die ganze Überraschung.

Mein Vater beschlagnahmte eine Sammlung von Ansichtskarten, die ich mir angelegt hatte, und auf denen halbnackte Mädchen zu sehen waren. Er beschlagnahmte auch ein sehr aufregendes Buch, das ich von meinem Freund eingetauscht hatte und das den Titel trug »Der Frauenhandel in Wisconsin«. Nie habe ich das Buch wiedergesehen und suche es noch heute.

Das zweite Quintajahr ging zu Ende. Meine Aussichten waren hoffnungslos. Es ereignete sich ein Zwischenfall, der dem Fass den Boden ausschlug. Meine Eltern hatten mir ein Jahresabonnement für den Zoo geschenkt. Weil dieser Tiergarten direkt neben dem Gymnasium lag, benutzte ich alle Pausen, um hinüberzulaufen. Nun war dort seit einiger Zeit eine Völkerschau zu sehen, und zwar drei Samoaner mit dreiundzwanzig Samoanerinnen. Herrliche, stattliche Gestalten. Die Frauen trugen nur ein hemdartiges Gewand und steckten sich Blumen ins Haar.

Ich befand mich in den Pubertätsjahren und konnte mich an den bronzefarbenen, dunkelhaarigen Frauen nicht sattsehen. Da mein kleines Taschengeld für Geschenke nicht ausreichte, entwendete ich zu Hause nach und nach unseren gesamten Christbaumschmuck. Bald trugen alle dreiundzwanzig Insulanerinnen Glaskugeln, kleine Weihnachtsmänner, Schokoladenherzen und Zuckerfiguren, Wachsengel und Ketten im Haar. Sie dankten mir, indem sie mich anlächelten oder über mein blondes Haar strichen, was mich beseligte. Aber eine von ihnen erfüllte mir eines Tages meinen Wunsch, mir ein »H« auf den Unterarm einzustechen. Das geschah in der großen Unterrichtspause. Die dauerte eine Viertelstunde, das Tätowieren aber einundeinehalbe Stunde. Es tat ein bisschen weh und kostete auch ein Tröpfchen Blut.

»Wo bist du gewäsen?« fragte der Lehrer, als ich unter atemloser und schadenfroher Spannung meiner Klassengenossen den Schulraum betrat. Ich wusste: Nun ist alles aus. Aufrecht ging ich an dem Lehrer vorbei an meinen Platz und sagte, jedes Wort stolz betonend: »Ich habe mich tätowieren lassen!«

Es war aus. Consilium abeundi.

Lieber Hörschel,
Himmel, Hummel, Arm und Zwirn! Brennt die Sonne aufs Gehirn. – Ich erlebe nix vom Krieg. Leider, leider. Der ich mich doch so gern raufe. Wie gut haben Sie es jetzt, die ganze Bibliothek und die Münchner Mädchenschaft steht Ihnen offen. Und vor mir steht jetzt eine verrostete Blechbark mit Bohnen und Fettstücken, die muss ich auslöffeln und dann wieder aus der Festung nach dem Depot abmarschieren. Außerdem haben mich die Fliegen und Mücken schon halb aufgefressen. Was übrig blieb, grüßt Sie herzlichst

Ihr mittlerer [...]

Eine Anzahl Eiserner Kreuze und mecklenburgischer Medaillen wurden verteilt. Auch wurden täglich neue Beförderungen verlesen. Von meiner war nie die Rede. Ich bekam nur einen Schnupfen und litt seit einiger Zeit an unerklärlichen Schwindelanfällen. Missgestimmt legte ich mich zu Bett und musste für neun Mark Sterbegeläute anhören, das heißt: Das Geläute kostete die Hinterbliebenen, wie mir Frau Detloff erzählte, neun Mark. Dann verfiel ich – was mir so selten geschah – in einen schönen Traum. Die Schwestern Reemi traten in weißen Kleidern zu mir und fragten, wen von ihnen ich heiraten möchte. Ich sagte Mucky. Da küsste mich Tula und ward auf einmal zu einem schönen Engel, der seine Flügel ausbreitete und unter den Klängen einer zauberhaften Musik, mir gütig Abschied winkend, entfloh. – Da erwachte ich und sah wirklich einen Engel, aber es war der verfluchte knallrote, unmanierliche Metzgermeister Maat Engel. Der riss die Fenster auf, weil draußen ausrückende Landsturmleute mit klingendem Spiele vorbeimarschierten.

[...]

Mein Stammlokal war das Café Meyer geworden. Dort traf ich mich täglich mit Maaten anderer Divisionen und Zivilisten. Sie nannten mich allgemein nur noch den Wasserbombenmaat, und ich wurde bald ihr Hauptspaßmacher.

Ich wurde täglich deprimierter, und nur, wenn ich – mit Urlaubschein oder heimlich – nach Rostock fuhr, fand ich bei Reemis vorübergehenden Trost. Einmal traf ich dort mit einer jungen aber bassstimmigen und Zigarren rauchenden Dame namens Heidweiler zusammen. Die erzählte Interessantes über Lauterbachs Flucht. Reemis erzogen mich auch in gewissen Dingen und redeten mir zu, meine vernachlässigten Zähne zu pflegen und eine drei Zähne breite Lücke durch künstliche Zähne zu ersetzen. Ich grübelte lange und sehr betrübt über dieses peinliche Thema nach, ehe ich nachfolgendes Rundschreiben an gewisse Freunde und Bekannte erließ:

»Bitte teilt mir eure ehrliche und ausführliche Meinung über folgende Fragen mit:

1. Sind falsche Zähne mit Kautschukplatte etwas Unappetitliches beim Kuss? beim Essen? oder auch schon beim Anblick?
2. Sind falsche Zähne sympathischer als keine oder wenig oder schlechte Zähne?
3. Kann man harte Brotrinden mit falschen Zähnen beißen?
4. Kann man mit falschen Zähnen laut schreien oder singen, zum Beispiel: ›Lache, Bajazzo‹?
5. Kann man pfeifen?
6. Kommt es vor, dass ein künstliches Gebiss beim Essen, Sprechen usw. plötzlich herausfällt?
7. Spricht man mit falschen Zähnen besser als mit wenig echten?
8. Gibt es Schauspieler, die ein künstliches Gebiss tragen? –«

Ehe noch die ersten Antworten auf diese Rundfrage eintrafen, die von den meisten als Witz aufgefasst wurde, hatte ich mir auf langen bürokratischen Wegen in der Universitätsklinik drei neue Zähne angeschafft. Und nun lief ich durch die Straßen, und die Passanten hielten mich vielleicht für verrückt, weil ich in allen Tonarten vor mich hindeklamierte. Und Reemis zogen mich auf, weil ich anfangs während des Sprechens plötzlich »zwitscherte«.

Vom Seemann Kuttel Daddeldu

Eine Bark lief ein in Le Haver,
Von Sidnee kommend, nachts elf Uhr drei.
Es roch nach Himbeeressig am Kai,
Und nach Hundekadaver.

Kuttel Daddeldu ging an Land.
Die Rü Albani war ihm bekannt.
Er kannte nahezu alle Hafenplätze.

Weil vor dem ersten Hause ein Mädchen stand,
Holte er sich im ersten Haus von dem Mädchen
die Krätze.

Weil er das aber natürlich nicht gleich empfand,
Ging er weiter – kreuzte topplastig auf wilder Fahrt.
Achtzehn Monate Heuer hatte er sich zusammen-
gespart.

In Nr. 6 traktierte er Eiwie und Kätchen,
In 8 besoff ihn ein neues, straff lederbusiges
Weib.
Nebenan bei Pierre sind allein sieben gediegene
Mädchen,
Ohne die mit dem Zelluloid-Unterleib.

Daddeldu, the old Seelerbeu Kuttel,
Verschenkte den Albatrosknochen,
Das Haifischrückgrat, die Schals,
Den Elefanten und die Saragossabuttel.
Das hatte er eigentlich alles der Mary versprochen,
Der anderen Mary; das war seine feste Braut.

Daddeldu – Hallo! Daddeldu,
Daddeldu wurde fröhlich und laut.
Er wollte mit höchster Verzerrung seines Gesichts
Partu einen Niggersong singen
Und »Blu beus blu«.
Aber es entrang sich ihm nichts.

Daddeldu war nicht auf die Wache zu bringen.
Daddeldu Duddel Kuttelmuttel, Katteldu
Erwachte erstaunt und singend morgens um vier
Zwischen Nasenbluten und Pomm de Schwall auf der Pier.
Daddeldu bedrohte zwecks Vorschuss den Steuermann.
Schwitzte den Spiritus aus. Und wusch sich dann.

Daddeldu ging nachmittags wieder an Land,
Wo er ein Renntiergeweih, eine Schlangenhaut,
Zwei Fächerpalmen und Eskimoschuhe erstand.
Das brachte er aus Australien seiner Braut.

Seemann kommt aus Pariser Kino

»Sous les toits de Paris.«
Wenn sie's doch alle so hätten
Wie wir zur See. -- In den großen Städten,
Wenn ich das Wasser verließ,
Trieb ich's, wie sie's
Treiben – hier su lä tua de Paris.

Sailing is better! –
Aber die in den Städten haben doch
Auch gutes und schlechtes Wetter
Und über den Dächern den Himmel -- Und sous?
Armut. – Hm – Aber sie haben dazu
Doch Weiber! – Ja wosch lublu! –

»Sous les toits de Paris.«
Alles verstand ich nicht.
Aber ich kenne doch die,
Die hart unterm Dache wohnen.

Das war so: Die Mutter der Welt spricht
Einfach zu allen Nationen,
Frenchmen, Englishmen, Holländer –

Hallo! He da! Nicht so schnell!
Pardon, liebe Mademoiselle.
Leben – waren auch Sie
Sous les toits de Paris?

Mein Wannenbad

Es muss wieder mal sein.
Also: Ich steige hinein
In zirka zwei Kubikmeter See.
Bis übern Bauch tut es weh.
Das Hähnchen plätschert in schamlosem Ton,
Ich atme und schnupfe den Fichtenozon,
Beobachte, wie die Strömung läuft,
Wie dann clam, langsam mein Schwamm sich
besäuft.
Und ich ersäufe, um allen Dürsten
Gerecht zu werden, verschiedene Bürsten.
Ich seife, schrubbe, ich spüle froh.
Ich suche auf Ausguck
Vergebens nach einem ertrinkenden Floh,
Doch fort ist der Hausjuck.
Ich lehne mich weit und tief zurück,
Genieße schaukelndes Möwenglück.
Da taucht aus der blinkenden Fläche, wie
Eine Robinsoninsel, plötzlich ein Knie;
Dann – massig – mein Bauch – eines Walfisches
Speck.
Und nun auf Wellen (nach meinem Belieben
Herangezogen, davongetrieben),
Als Wogenschaum spielt mein eigenster Dreck.
Und da auf dem Gipfel neptunischer Lust,
Klebt sich der Waschlappen mir an die Brust.

Brust, Wanne und Wände möchten zerspringen,
Denn ich beginne nun, dröhnend zu singen
Die allerschwersten Opernkaliber.
Das Thermometer steigt über Fieber,
Das Feuer braust, und der Ofen glüht,
Aber ich bin schon so abgebrüht,
Dass mich gelegentlich Explosionen –
– Wenn's an mir vorbeigeht –
Erfreun, weil manchmal dabei was entzweigeht,
Was Leute betrifft, die unter mir wohnen.
Ich lasse an verschiedenen Stellen
Nach meinem Wunsch flinke Bläschen entquellen,
Erhebe mich mannhaft ins Duschengebraus.
Ich bück mich. Der Stöpsel rülpst sich hinaus,
Und während die Fluten sich gurgelnd verschlürfen,
Spannt mich das Bewusstsein wie himmlischer
Zauber,
Mich überall heute zeigen zu dürfen,
Denn ich bin sauber. –

Aus: Matrosen

Äquatortaufe

Geistigkeit gibt es bei ihnen nicht, wohl aber zuweilen gesunden, simplen Humor. Ihre derben Späße sind zum großen Teil überliefert.

Sie reichen dem Schiffsjungen ein Fernrohr, zwischen dessen Gläser sie vorher ein Haar gespannt haben. Er soll ausschauen, ob der Äquator schon in Sicht wäre. Mancher Junge sieht ihn.

Und dann werden die getauft, die den Äquator noch nie zuvor passiert haben. Alle möglichen hinterlistigen Gebräuche kommen dabei in Anwendung, und der Schiffsführer darf nichts dagegen einwenden, sieht auch, gleich den anderen Offizieren, gern schadenfroh zu.

[...]

Zum Schluss stellt der schreibkundigste Matrose schwitzend und wichtig dem Täufling das Taufzeugnis aus. Er schreibt mit den schwieligen Händen unorthografisch den altübernommenen, mühsam auswendig gelernten Text, den alle Matrosen unterzeichnen und den der Steuermann zum Schluss mit dem Schiffsstempel versieht.

WIR NEPTUN aus eigener göttlicher Macht Herr und Gebieter aller Meere, Seen, Flüsse, Bäche, Teiche, Sümpfe, Gräben, Moräste und Pfützen, bekunden hiermit, dass am heutigen Tage:

Im Jahre des Heils 1902 den 25. Dezember

der Leichtmatrose *Hans Bötticher* beim Passieren der Linie (Äquator) die übliche Taufe erhalten und als Bürger unserer nassen Staaten aufgenommen ist.

Wir befehlen daher allen Behörden und Meerjungfern aller oben aufgeführten Elemente, dem

p. p. BÖTTICHER

beim Betretungs- resp. Hineinfalle alle Hilfe und jeden Schutz angedeihen zu lassen.

Gegeben an Bord S. S. Numidia
Unter Unserem Königl. Insiegel u. eigenhändiger Unterschrift
[...] NEPTUN

Ihre Kleidung oder Uniform

Wenn du die Matrosen der Handelsmarine nicht kennst, aber sie kennenlernen willst, und du suchst in Hamburg deshalb eine Hafenkneipe auf, dann mag es dir passieren, dass du diese Seeleute gar nicht siehst oder sie übersiehst. [...]

Nein, diese Matrosen können dir nicht auffallen, bevor sie betrunken sind. Sie sitzen ganz unbeholfen brav da und wissen nicht die geringste Konversation mit den Mädchen zu führen, die sich an ihren Tisch setzen und sie um so beredter zum Schnaps oder Bier animieren.

Und wenn dich auf der Straße einer dieser breitschwankenden Kerle anrempelt, nur aus Ungewandtheit, nicht aus böser Absicht, dann wirst du erst recht nicht auf den Gedanken kommen, dass das ein Mann sein könnte, der hundert Länder und Völker besucht und seltsame Erlebnisse und furchtbare Ereignisse durchgemacht hat.

Die Uniformen der Kriegsmarinen sind schön und vorbildlich. In der Hauptsache bestehen sie aus einer Hose, die eng um die Taille fasst und ohne Hosenträger sitzen muss, und aus einem anschmiegenden Hemd mit freiem Brustausschnitt und breitem Wetterkragen, der vor dem Rückenwind schützend von selber aufklappt.

Es ist eine zweckmäßige und gesunde Tracht. Deshalb kleidet man auch Kinder gern derart.

Wenn wir gegen strengstes Verbot Uniformstücke an unsere Seemannsbräute verschenkten, dann waren diese hochbeglückt. Denn die Marine führte nur erstklassige Stoffe. Aus unseren Paradehemden machten die Mädchen sich Sommerblusen, und zwei von unseren seidenen Halsknotentüchern reichten schon zu einem Rock. Unsere Mützenbänder wurden zu einem Kissenbezug zusammengenäht.

Auch Artisten kleiden sich gern nach Marinevorbild.

Nachdem ich einmal als Handelsmariner monatelang kein Schiff bekommen konnte, nahm ich schließlich eine Stellung auf dem Hamburger Dom

(Jahrmarkt) in der Schlangenbude von Malferteiner an. Wir mussten unserer fünf eine Riesenschlange tragen, und das lammfromme, nahezu leblose Tier so dem Publikum vorführen. Man hatte jedem von uns einen Matrosenanzug gegeben, der freilich nur aus billigstem Zeug geschneidert war. Der meinige war viel zu groß, und so geschah es einmal, dass ich während der Vorstellung über meine eigenen Hosenbeine stolperte und hinfiel und die vier anderen Pseudomatrosen nebst der Boa constrictor mit zu Boden riss. Herr Malferteiner benutzte die Situation geistesgegenwärtig und rief aufgeregt: »Sie wird wieder wild! Schnell fort mit ihr in den Kasten!« Was großen Eindruck auf die Zuschauer machte. [...]

Kitsch und Sentimentalität

Es ist begreiflich und berechtigt, dass Leute eines so schweren und lebensgefährlichen Berufes sentimental sind.

Ihre Sentimentalität äußert sich bescheiden, wenn auch meist geschmacklos. Aber was können sie dafür, wenn die Hafenfotografen sie zu pompösen Stellungen überreden und sie vor die unwahrscheinlichsten oder läppischsten Hintergründe rücken.

Eine große Industrie lebt von dem Kitsch, den Matrosen sich kaufen. Andenken aus allen Städten, in Muscheln, Samt, Perlen und Spiegelglas. Öldrucke und Ansichtskarten mit Wehmut triefenden Abschiedsszenen, süßen, neckischen Mädchen oder mit wildromantischen Wellengräbern »Seemannslos«.

Damit schmücken sie ihre Koje liebevoll aus. Denn diese Koje, die nicht viel größer und anders ist als ein Sarg, bedeutet ihnen ihr eigenstes Heim.

[...]

In ihren Tätowierungen spielen vor allem Glaube, Liebe, Hoffnung – Anker, Herz und Kreuz – dann auch Schlange, Sonne, Dolch und andere primitive Embleme eine Rolle. Das stechen sie einander ein mit Nähnadeln und chinesischer Tusche in Schwarz und Rot. Manche lassen sich auch ganze Landschaften, Mädchenköpfe, freche oder unanständige Bilder ins Fleisch stechen. Auf die Brust, in die Arme, auf den Popo, ganz gleich wohin.

Hätte mir in meinen jungen Seemannsjahren ein geschickter Kamerad den Antrag gemacht, mir einen schönen Stern auf die Stirn zu tätowieren, ich hätte das ohne Bedenken angenommen. So trage ich nur an dem Oberarm Tätowierungen, und schon diese wurden mir ein wenig fatal, als ich später, mit knapper Not zur Offizierslaufbahn zugelassen, zusammen mit anderen Offiziersaspiranten und Vorgesetzten zum Baden ging. Obwohl man bei Reserveoffizieren der Kriegsmarine häufig Tätowierungen antrifft. [...]

Es fällt ihnen nicht schwer, sich in fremden Häfen zurecht zu finden. Ihr Interessenradius ist klein. Die wenigen Ausdrücke sind leicht erlernt, wenigstens in den Hauptsprachen Englisch, Französisch, Deutsch und Spanisch.

Aber auch darüber hinaus verständigen sie sich leicht mit den Hafenleuten und Seeleuten anderer Völker. Ihre Ziele und Wünsche sind meist dieselben. Essen, Trinken und Weiber, meist in den dürftigsten Stadtteilen. Sie sprechen ein Mischmasch aus vielerlei Küstensprachen. Platt und Messingsch, Spanisch und Skandinavisch, Holländisch und Pidgin-English oder Bêche de mer.

So finden sich internationale Matrosen auch an Bord rasch zusammen. Einig im gleichen Beruf, in gleichen Instinkten und gebunden an gewisse allgemeine, zum Teil ungeschriebene Seemannsgesetze.

Da gibt es einen Ausdruck aus Sprachverquickung »mi no savi«, den die Seeleute und Küstenbewohner aller Länder verstehen und der soviel bedeutet wie »Kannitverstan«. Mit diesem Ausdruck habe ich einmal ein gutes Geschäft gemacht. Ich lag mit einem Dampfer in Cardiff. Mein Haar war überlang und verwildert, und so ging ich, um es schneiden zu lassen, an Land, in den ersten besten Barbierladen. Ich hatte einen Schilling in der Tasche, nach meiner Erfahrung also reichlich mehr Geld, als ich brauchte.

Der Friseur machte sich eifrig an seine Arbeit, und wir führten dabei ein sehr lebhaftes, scherzhaft streitendes Gespräch auf englisch über den damals aktuellen Burenkrieg. Ich trat für die Buren ein, der Friseur für die Engländer.

Als er endlich fertig war, entstand ein seltsamer Dialog. Ich fragte: »Was bin ich Ihnen schuldig?«

Er sagte: »Zwei Schilling.«

Ich sagte: »Unmöglich, Sie scherzen wohl?«

Er schob meinen hingelegten Schilling zurück und sagte plötzlich sehr unfreundlich: »Nein. Zwei Schilling.«

Ich schob den Schilling vor. »Ich habe nur einen Schilling bei mir.«

Er schob achselzuckend den Schilling zurück. »Zwei Schilling.«

Ich schob den Schilling vor, legte meine silberne Uhr dazu und sagte: »Ich bin auf dem Schiffe so und so. Wir liegen dort und dort. Ich werde den anderen Schilling holen und bringen.«

Er schob Geld und Uhr zurück. »Nein. Zwei Schilling, oder ich rufe einen Polizisten.«

Ich zuckte die Achseln und steckte Uhr und Schilling wieder ein. Der Barbier verließ den Laden und schloss die Tür von außen ab.

Ich saß sehr unbehaglich da und nahm die Sache viel zu tragisch. Hin und her sinnend, fasste ich endlich einen Entschluss, über dessen Wirkung ich mir absolut nicht klar war.

Nach geraumer Zeit betrat der Barbier wieder den Laden. Ihm folgte einer jener langen und durch einen langen Helm noch verlängerten englischen Policemen. Der wandte sich sofort barsch an mich: »Sie wollen diesen Mann nicht bezahlen?«

Ich sah den Schutzmann dumm verständnislos an und sagte: »Mi no savi.«

Er: »Sprechen Sie nicht englisch?«

Ich: »Mi no savi.«

Der Barbier wurde krebsrot. »Wundervoll englisch spricht er«, schrie er, »wir haben uns über den Krieg unterhalten.«

Der Polizist zu mir: »Was sagen Sie dazu?«

Ich, dumm wie bisher: »Mi no savi.«

»Wo kommen Sie her?« »Zu welchem Schiffe gehören Sie?« »Wo liegt Ihr Schiff?« Ich antwortete auf alles: »Mi no savi!«

Der Schutzmann und der Barbier zogen sich zurück und flüsterten miteinander. Dann trat der Schutzmann ruhig auf mich zu und – unbetont und ohne irgendwelche bezeichnende Handbewegung dazu zu machen – sagte er: »Gut, dann scheren Sie sich zur Hölle.«

Gottlob, ich merkte diese Falle und blieb still sitzen und antwortete wieder dumm verständnislos: »Mi no savi.«

Im nächsten Moment packte mich der Policeman am Kragen, der Barbier riss die Tür auf. Ich befand mich plötzlich auf der Straße und ging mit meinem Schilling vergnügt eins trinken. Auf das Wohl dieses Gauners und Dummkopfes.

Und schrieb das kleine Erlebnis etwas später nieder, und das Hamburger Fremdenblatt zahlte mir dafür acht Mark Honorar.

Matrosenliebe – Seemannstreue

Matrosenbräute??

Losgelassene Stiere, durchgehende Pferde nach langer Stallzeit, so stürmen die Matrosen an Land. Ihre Ansprüche sind nach so langen Entbehrungen nicht kompliziert. Die letzte Erfüllung wird in der ersten Nacht meistens von bewusstloser Besoffenheit umnebelt.

Sie sind ihren Bräuten schwärmerisch treu. Bis zum nächsten Hafen. Die Bräute verhalten sich ähnlich.

Aber ich weiß auch entzückende gegenteilige Beispiele, weiß von rührender, lebenslänglicher Anhänglichkeit japanischer Freudenmädchen, weiß manches Schöne darüber mehr.

Auf Heimaturlaub und besonders, wenn ihre Heimat im Binnenlande liegt, lassen sich die Seeleute mit komischem Stolz bewundern und mit etwas geschämigem Behagen verhätscheln. Von den Eltern, von Geschwistern, Freunden, Bekannten oder von einer Braut.

Verwirrt und in Verlegenheit vor den tausend Fragen, die an sie gerichtet werden, kommen sie dann leicht dazu, zu lügen oder aufzuschneiden, Seemannslatein zu erzählen, Seemannsgarn zu spinnen.

Die vielfach verbreitete und naheliegende Ansicht, dass unter den Matrosen außergewöhnlich viel Homosexuelle wären, trifft nicht zu.

Es gibt aber bei ihnen eine ergreifende männliche und salzige Freundschaft zwischen Kameraden. Es gibt eine starke Treue zum Schiff und eine innige Anhänglichkeit an Heimat, heimatliche Bräuche und Lieder und an die Muttersprache.

Ich bin übrigens kolossal populär geworden. Neulich drehten sich Straßenkokotten in der Friedrichstr. nach mir um und ich hörte die eine sagen: »Sieh mal, das ist der Ringelnatz!« (Ja ja das ist mein Publikum!)

Am Sachsenplatz: Die Nachtigall

Es sang eine Nacht…
Eine Nachti…
Ja Nachtigall am Sachsenplatz
Heute morgen. – Hast du in Berlin
Das je gehört? – Sie sang, so schien
Es mir, für mich, für Ringelnatz.

Und gab mir doch Verlegenheit,
Weil sie dasselbe Jauchzen sang,
Das allen Dichtern früherer Zeit
Durchs Herz in ihre Verse klang.
In schöne Verse!

Nachtigall,
Besuche bitte ab und zu
Den Sachsenplatz;
Dort wohne ich. – Ich weiß, dass du
Nicht Verse suchst von Ringelnatz.
Und hatten doch die Schwärmer recht,
Die dich besangen gut und schlecht.

Kathi und die Freier

Ja, niemand weiß es wohl genau,
Ob die Kathi Fräulein, Mann oder Frau
Und wie sie sich zur Männerwelt
Und zum Begriffe »Liebe« stellt.

Ich aber habe das ergründet,
Und ob sie noch so schreit und tobt,
Nun sei es endlich mal verkündet:
Kathi war siebenmal verlobt!

Als ersten Mann erwählte sie
'nen Leutnant von der Infanterie.
Der kam, probierte ihren Wein,
Erschoss sich gleich und sagte »Nein!«

Und schlich, das saure Gift im Leib,
Davon und nahm ein ander Weib.

Da nahte sich ein zweiter Freier,
Das war ein derber Oberbayer,
Der wollte Kathis Schnurrbartspitzen
Zum Zähnebürsteln früh benützen.

Da schäumte Kathi und entband
Das Bündnis, das nur kurz bestand.

Der dritte Mann in kurzer Zeit
War einer von der Geistlichkeit.

Der, als er in den Simpl kam,
An vielen Bildern Anstoß nahm.
Er überklebte dann die Wand
Mit kleinen Feigenblatt-Oblaten.
Da warf ihn Kathi kurzer Hand
Mit Linkseffet aufs Straßenpflaster
Und sagte: »Gute Nacht, Herr Paster!«

Der vierte kam, das war ein lieber
Kommerzienrat, jedoch ein Schieber!
Kaum, dass er mit ihr angebandelt,
Da ward der Simpl schon durch ihn
Zur Schieberbörse umgewandelt,
Da wurde Seife, Kokain
Und Wurst und Lederwerk verhandelt.
Da sagte Kathi: »Na, mein Herzchen,
Ich schwärme nicht für solche Scherzchen,
Verdufte dich, mit die Kommerzchen.«

Der fünfte Mann war was Apart's,
Der liebte Kathi wie ein Dichter,
Jedoch er liebte sie nur schwarz
Und soff dazwischen wie ein Trichter.
Und liebte ferner, außer Kathln
Noch hintenrum zwei Küchenmadln.
Da spielte Kathi Schleichpatrouille,
Erwischte ihn und sagte: »Entschull'je,
Mein heißgeliebter Nummer Fünfe,
Ich bitte Dich, mach dich auf die Strümpfe!«

Da nahte sich ein Bolschewist,
Um Kathi zu sozialisieren,
Der wollte mit Gewalt und List
Und Flammenwerfern imponieren.
Und Kathi, scharf in Mixt und Pickel
Und von den Werfern schon entflammt,
Sie packte ihn beim Bolschewickel
Und schleppte ihn aufs Standesamt.

Der Bolschewick, der roch den Braten,
Doch weil er edel war und keusch,
Verschluckte er zwei Handgranaten
Und explodierte mit Geräusch.

Bis sich der Pulverdampf verzogen,
Da war der Rotgardist verflogen,
Und Kathis ganzes Geld war futsch,
Und in der Zeitung las man: »Putsch!«

Doch wie das so in dieser Welt ist,
Bald gab es wieder ein Verhältnis.
Und dem Verhältnis Nummer Sieben
Ist Kathi denn auch treu geblieben.

Es ist, – Kathi, verzeih mir's bitte,
Es ist ein Herr aus unsrer Mitte –!
Er pflegt sich täglich hier zu zeigen,
Wird sich auch heute hier verneigen

Und heißt auf diesem Tingelplatz:
Joachim Ringelnatz.

Geliebter Wikikalk,
Gestern war Hans Bötticher betrunken u. hat fast für tausend Mark Zeche gemacht. Aber erschrick nicht, denn Ringelnatz war nüchtern, und jener Hans Bötticher war ein Fremdling, der mich einlud u. sich als Namensvetter entpuppte.

[Eintrag in ein Gästebuch]

1. Frage:	Was essen Sie am liebsten?	Austern.
2. Frage:	Welches Temperament ist bei Ihnen vorherrschend?	Das linke.
3. Frage:	Haben Sie eine Weltanschauung?	Eine ganz kleine.
4. Frage:	Wie heißt Ihre Lieblingsblume?	Seegras.
5. Frage:	Was ist Ihnen die Erotik?	Heimlicher Sport.
6. Frage:	Welchen Duft schätzen Sie sehr?	W. C.
7. Frage:	Was verstehen Sie unter Glück?	Dito.
8. Frage:	Wie denken Sie über Frauen?	Ähnlich.

9. Frage:	Was trinken Sie am liebsten?	Terpentinöl.
10. Frage:	Welche Meinung haben Sie von der Ehe?	Eine dicke Ehrfurcht.
11. Frage:	Sind Sie diskret?	Warum nicht!
12. Frage:	Warum nicht?	Weshalb denn?
13. Frage:	Haben Sie Takt?	Ja, mehrere.
14. Frage:	Welches Buch lieben Sie vor allem?	Das Hamburger Adressbuch.
15. Frage:	Wie ist Ihr Verhältnis zu Kunst und Wissenschaft?	Ein inniges.
16. Frage:	Welche Ausdrucksform und Richtung bevorzugen Sie?	Hautana.
17. Frage:	Haben Sie ein Ziel?	Nicht bei mir.
18. Frage:	Was erregt Ihre absolute Abneigung?	Der Tod.

Mein lieber Linne
Ich gratuliere Dir und uns dazu, dass Du geboren bist. Ob Du den Tag feierst, weiß ich nicht, aber aus den frohen Augen dieses Tages wird schon ein lachender Tropfen perlen. Deshalb habe ich mir einen Korn bestellt und rufe »Prosit!« »D.D. über Alles«. Im Auftrage von Muschelkalk und aus meinem Innern wünsche ich Dir und Deiner Hansi für die Zukunft »täglich Besseres«. Ich habe mich selbst so dünn gehustet, dass ich wie Stettchen mager wurde. Wenn Du mal einen Kleiderständer brauchst ––? Grüß mir all die Deinen.

Ich warte etwas gespannt auf den 27.: und dann werde ich weiter warten auf etwas anderes, auf die Maikäfer u. dann auf den Weihnachtsmann u. s. w.

Also ich umarme u. grüße Dich Dein Ringel

Ehrgeiz

Ich habe meinen Soldaten aus Blei
Als Kind Verdienstkreuzchen eingeritzt.
Mir selber ging alle Ehre vorbei,
Bis auf zwei Orden, die jeder besitzt.

Und ich pfeife durchaus nicht auf Ehre.
Im Gegenteil. Mein Ideal wäre,

Dass man nach meinem Tod (grano salis)
Ein Gässchen nach mir benennt, ein ganz schmales
Und krummes Gässchen, mit niedrigen Türchen,
Mit steilen Treppchen und feilen Hürchen,
Mit Schatten und schiefen Fensterluken.

Dort würde ich spuken.

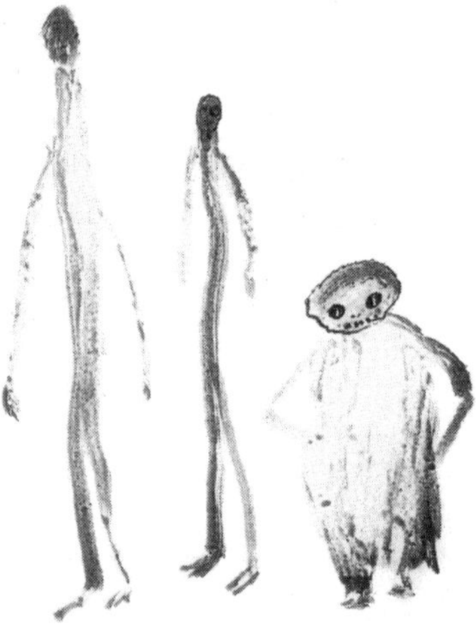

Kuttel Daddeldu erzählt seinen Kindern
das Märchen vom Rotkäppchen

Illustration von 1923

III

Über die natzige Zoologie

Ob wohl ein Blitz je eine Fliege traf?

Seepferdchen

Als ich noch ein Seepferdchen war,
Im vorigen Leben,
Wie war das wonnig, wunderbar
Unter Wasser zu schweben.
In den träumenden Fluten
Wogte, wie Güte, das Haar
Der zierlichsten aller Seestuten,
Die meine Geliebte war.
Wir senkten uns still oder stiegen,
Tanzten harmonisch um einand,
Ohne Arm, ohne Bein, ohne Hand,
Wie Wolken sich in Wolken wiegen.
Sie spielte manchmal graziöses Entfliehn,
Auf dass ich ihr folge, sie hasche,
Und legte mir einmal im Ansichziehn
Eierchen in die Tasche.
Sie blickte traurig und stellte sich froh,
Schnappte nach einem Wasserfloh
Und ringelte sich
An einem Stengelchen fest und sprach so:

Ich liebe dich!
Du wieherst nicht, du äpfelst nicht,
Du trägst ein farbloses Panzerkleid
Und hast ein bekümmertes altes Gesicht,
Als wüsstest du um kommendes Leid.
Seestütchen! Schnörkelchen! Ringelnass!
Wann war wohl das?
Und wer bedauert wohl später meine restlichen
Knochen?
Es ist beinahe so, dass ich weine –
Lollo hat das vertrocknete, kleine
Schmerzverkrümmte Seepferd zerbrochen.

Ringelnatz als Kuttel Daddeldu

Balllahde

Da warf ihn ab sein schwarzes Roß –
Bums! fiel der Reiter in das Moß.
Es klitzerte sein blankes Schwerd –
Hobbs! Saß er wieder auf dem Ferd!

Abzähl-Reime

Bülow, Nolle, Witte, Zoo …
Auf dem Dache sitzt ein Floh,
Der sich nicht zu helfen wo.

Konikoki Kakadu …
Rose auf und Rose zu.
Ferkel Ei und Ferkel Zwei.
Wer nicht fehlt ist mit dabei.

Stachus, Kios, Kaos, Kies,
Spinne, Speise, Scheiße, schieß.
Sexu Elefant Asie.
Fische haben nie kein Knie.

Ritze Rotze Ringelratz
Zwei Miezeschwein, ein Grunzekatz.
Mein Großpapa heißt Lali,
Der wird des Nachts ganz lila.

Tante Qualle und der Elefant

Die Tante Qualle schwamm zum Strand.
Es liebte sie ein Elefant
Mit Namen Hildebrand genannt.
Der wartete am Meeresstrand
Mit einem Sträußchen in der Hand.
Das übergab er ihr galant
Und bat um Tante Quallens Hand.
Da knüpften sie ein Eheband.
Der Doktor Storch, der abseits stand,
Der dachte: »Armer Hildebrand!«
Worauf er weiterging und lachte.
– – – – – – – – – – – –
Warum der Storch wohl so was dachte?

Ein Taschenkrebs und ein Känguruh,
Die wollten sich ehelichen.
Das Standesamt gab es nicht zu,
Weil beide einander nicht glichen.

Da riefen sie zornig: »Verflucht und verdammt
Sei dieser Bureaukratismus!«
Und hingen sich auf vor dem Standesamt
An einem Türmechanismus.

Gladderadatsch

Es hatte ein Igel sich geckenhaft und blasiert
Am ganzen Körper von oben bis unten rasiert,
Weil er abstechen wollte.
Stach wirklich auch ab. Da nahte ein Fuchs.
Worauf der Igel sich igelartig zusammenrollte.
Aber der Fuchs verschluckte ihn flugs.
Igel bat Fuchsen, ihn doch wieder auszubrechen;
Er sei ein Igel und könnte empfindlich stechen.
Und mittels bauchrhetorischer Worte
Sprach der Fuchs: »Sie müssen verzeihn;
Ich hielt Sie für ein kindliches Schwein,
Werde nun aber sofort Sie befrein.
Wenn ich bitten darf – durch die Hinterpforte.«
Der Igel gab keinen Laut
Mehr von sich. Er war schon verdaut.

Die Ameisen

In Hamburg lebten zwei Ameisen,
Die wollten nach Australien reisen.
Bei Altona auf der Chaussee
Da taten ihnen die Beine weh
Und da verzichteten sie weise
Denn auf den letzten Teil der Reise.

So will man oft und kann doch nicht
Und leistet dann recht gern Verzicht.

Fliege und Wanze

Die Fliege hat zur Wanze gesprochen:
»Leih mir doch eine Maß Blut,
Ich habe den Bürgermeister gestochen. ––
Aber der roch nicht gut.
Und ich habe sein Blut, ohne was zu sagen,
In die Nase von seiner Frau übertragen,
Und gab auch der Tochter und dem Sohn
Eine kleine Portion.
Und nun riecht die ganze Familie
Nach Quecksilber und Petersilie,
Und ist voller Pickel und Flecke,
Und es ist ein Vergnügen, von der Decke
Aus zuzugucken, wie sie sich jucken.«

Die Wanze tat etwas fremd
Und brummte: »Ach, Bagatelle!«
Und kroch dabei einem Kutscher ins Hemd.
Dort war derzeit ihre Quelle.

Die Schwalbe begann eine lange Geschichte anspruchslos vorzutragen. [Die Fliege] Wuppy hatte drei Beine über drei andere geschlagen und sich ein wenig abgedreht, als hörte sie nur mit einem Ohr zu. Sie hörte aber überhaupt nicht zu, sondern erwog heimlich Fluchtpläne. Plötzlich brach die Schwalbe ihre Erzählung ab.

»Nun? Was weiter?« fragte Wuppy.

»Mich hungert«, sagte die Schwalbe verlegen und wurde rot. Im selben Moment schwirrte Wuppy, was sie schwirren konnte, in die Tiefe hinab, um sich ins Gras zu retten. Dort wurde sie vom Laubfrosch verschluckt. Die rote Schwalbe aber flog verärgert nach Afrika zurück, wo sie mit ihrer Farbe viele Büffel wild machte. –

Der aus Kanada stammende Naturforscher, der den Laubfrosch zersägte, fand die Fliege und sagte: »Ei, ei!« Er sagte es natürlich auf englisch. »Egg, egg!« Wuppy legte zufällig in diesem Augenblicke ihr erstes Ei. Sie war längst in dem Alter. Diese vermeintliche Reaktion ließ den Naturforscher selig erschauern. Die Entdeckung war gemacht, der theoretische Beweis einmal praktisch belegt. Es gab eine tierische Vernunft im menschlichen Sinne. Es gab eine Verständigungsmöglichkeit zwischen Insekt und Professor.

Es war schönes, kaltes Wetter. Ich war abgelöst, trank Cholera-Rum und sah den Sand schippenden Soldaten zu, die den Dobermann hänselten. Dieser Hund war dümmer als ein Sack. Nie lief er einem Hasen nach. Sein Hauptvergnügen war, sich Sand ins Maul werfen zu lassen, und wenn er solche Schaufel voll Sand wütend zerknirschte, überlief mich eine Gänsehaut. Er war wirklich urdumm. Legte man ihm ein Tau lose über den Rücken, so bildete er sich ein, angebunden zu sein, und heulte laut, ohne sich von der Stelle zu rühren. Er verwechselte seinen Schwanz mit dem des Jägerdackels, und wenn dieser wedelte, glaubte jener sich zu freuen. Dieser Dackel dagegen war vorzüglich abgerichtet. Machte sein Herr, ein Jäger, vor einem Offizier stramm, so machte der Dackel gleichzeitig Männchen.

[...]

Der Dobermann sollte abgeschafft werden, weil er im Frontgelände wilderte und überhaupt verräterisch und störend wurde. Siebzig Mann verprügelten ihn und jagten ihn in die Flucht in der Richtung nach Schlokenbek. Als ein Matrose dem fliehenden Hund noch einen Knüppel nachwarf, drehte sich das Tier um, nahm den Knüppel ins Maul und kehrte lustig schwanzwedelnd zu uns zurück.

Die Schnupftabaksdose

Es war eine Schnupftabaksdose,
Die hatte Friedrich der Große
Sich selbst geschnitzelt aus Nussbaumholz.
Und darauf war sie natürlich stolz.

Da kam ein Holzwurm gekrochen.
Der hatte Nussbaum gerochen.
Die Dose erzählte ihm lang und breit
Von Friedrich dem Großen und seiner Zeit.

Sie nannte den alten Fritz generös.
Da aber wurde der Holzwurm nervös
Und sagte, indem er zu bohren begann:
»Was geht mich Friedrich der Große an!«

Schlängelchen

Schlängelchen zum Teufel kam,
Ganz still und bescheiden.
Und der Teufel das Schlängelchen nahm
Und es streichelte.
Mochte es gut leiden.

Kam ein Schlängelchen
Zu einem Engelchen,
Neigte sich und wollte wieder scheiden.
Engelchen mochte das Schlängelchen
Gut leiden,
Sagte fromm:
»Komm!«

»Nein«, schimpfte die Ringelnatter, »die Mode
Von heutzutage, die wurmt mich zu Tode.
Jetzt soll man täglich, sage und schreibe,
Zweimal die Wäsche wechseln am Leibe.
Und immer schlimmer wird's mit den
Jahren.
Es ist rein um aus der Haut zu fahren!«
So schimpfte die Ringelnatter laut
Und wirklich fuhr sie aus der Haut.

* * *

Der Vorfall war nicht ohne Bedeutung,
Denn zoologisch nennt man das Häutung.

Pinguine

Auch die Pinguine ratschen, tratschen,
Klatschen, patschen, watscheln, latschen,
Tuscheln, kuscheln, tauchen, fauchen
Herdenweise, grüppchenweise
Mit Gevattern,
Pladdern, schnattern
Laut und leise.
Schnabel-Babelbabel-Schnack,
Seriöses, Skandalöses, Hiebe, Stiche.

Oben: Chemisette mit Frack.
Unten: lange, enge, hinderliche
Röcke. – Edelleute, Bürger, Pack,
Alte Weiber, Professoren.

Riesenvolk, in Schnee und Eis geboren.
[…]

Raben-Bulletin 1–5

Da ich versprochen habe, mich der 3 Vögel anzunehmen, ging ich gestern zum ersten Mal, reichlich mit Mehlwürmern versehen, an Ort und Stelle. Zunächst entdeckte ich, dass ich die Namen der Tiere völlig verwechsle, und keiner der Vögel reagierte auf einen Namen, die ich zurief, weshalb ich sie für die Dauer meines Interregnums mit den Zwangsnamen Opoponax, Opopoklax und Opopowackes belegte. Alle drei fand ich zwar gesund und munter, aber etwas verwahrlost vor, weshalb ich mich ihrer annahm und sie tüchtig mit Bürste, Seife und Soda bearbeitete, sie auch mit einem Kamm ordentlich glättete und striegelte. Um herauszubekommen, was ihnen außer Mehlwürmern noch etwa schmecken möchte, fütterte ich sie versuchsweise hintereinander mit kleinen Korkstückchen, Tannennadeln und in Milch getauchtem Löschpapier, und ich werde diese Experimente künftig fortsetzen. Der Kälte wegen, die auf dem Balkon herrscht, habe ich ihnen kochendes Wasser vorgesetzt. Um jedem Irrtum vorzubeugen, möchte ich gleich von vornherein konstatieren, dass dem Opopowackes ein Bein fehlt. Das übrige Befinden ist normal und befriedigend.

Rabenpfleger H.B.

[…] Opopowackes schläft. Da er sich jetzt dauernd übler Gerüche bedient, begoss ich ihn mehrmals hintereinander mit Benzin. Um Opoponax bin ich etwas besorgt, da er auf dem Balkon unter der Kälte zu leiden scheint. Stundenlange Massage und ein zeitweiliges langsames Anwärmen auf dem Lucullus wird ihn hoffentlich wieder ins Gleichgewicht bringen. Unbedeutender war ein kleines Geschwür, das er im After hatte und das ich mit einer Häkelnadel glücklich öffnete. […] Dass Opopoklax von einer Tür gequetscht wurde, habe ich wohl schon berichtet.

Rabenhüter H.B.

Strotzend von Würmern des Mehles, öffnete ich heute die Tür zur Vogelei, nicht ahnend, dass ich sie mit Tränen im Auge wieder schließen wollte. Unser trefflicher Opopowackes schlief noch immer, und ich weiß nicht, war es Instinkt, war es Zufall, jedenfalls kam mir plötzlich der Gedanke, ob das liebe Opopowackerle am Ende vielleicht gestorben sei. Ich suchte ihn also aufzuwecken, indem ich ihn anstieß, aber er rührte sich nicht. Ich kitzelte ihn, rief ihn bei mehreren Namen, ich stach ihn mit einer Gabel und trat mehrmals mit dem Fuß auf seine Lenden, alles vergeblich, der Ärmste hatte ausgelebt. Ein sofort herbeigeholter Tierarzt konstatierte den Erstickungstod infolge Verschluckens einer Haarnadel. Wie konnte so etwas geschehen! Allerverehrtester Herr von Maaßen, ich hoffe, dass Sie mir aus diesem schmerzlichen Ereignis keinen Vorwurf machen. Indem ich mit Ihnen fühle, frage ich, bevor ich dem Verschiedenen die letzte Ehre erweise, bei Ihnen an, ob ich ihn ausstopfen oder in den Müllkasten werfen soll.

Auch sonst noch Trauriges. Dem Opoponax, der, wie Sie wissen, nur ein Bein hat, musste ich nun wegen einer beim Rasieren entstandenen Blutvergiftung auch das zweite abnehmen. Die Operation gelang, aber es ist herzzerreißend anzusehen, wie der brave Kerl sich abmüht und erfolglos quält, um sich mit dem Bauch auf der Stange festzuhalten.

Opopoklax geht es leidlich.

Hoffentlich kann ich bald Günstigeres melden.

Vogelhüter H. B.

[…] Opoponax hat sich in seine Rolle als beinloses, flügelruderndes Wesen einigermaßen geschickt, nur schreit er unaufhörlich und vermag nicht mehr zu klettern. Soweit wäre alles ganz leidlich, wenn nicht ein unerklärliches Ereignis mit eisiger Hand in dies nun schon um eine Seele verengerte Vogelleben roh hineingegriffen hätte. Nachdem ich nämlich durch den heftig klingelnden Briefträger auf wenige Minuten abgerufen und beschäftigt worden war, fand ich bei meiner Rückkehr Opopoklax nicht mehr vor. […] Ich hoffe nun, dass der Hunger ihn zurücktreibt und ließ daher Türen und Fenster offen, legte auch ein lockendes schönes Stück Fleisch in den Käfig. Den letzten Vogel habe ich, damit er inzwischen nicht auch entflieht, ein Uhrgewicht an den Hals gebunden.

Vogelhüter H.B.

P.S. Den toten Opopowackes habe ich bis zu Ihrer Rückkehr in Ihren Schreibtisch verschlossen.

[…] Opopoklax ist nicht zurückgekehrt. Aber Wunder über Wunder: Opoponax, der beinlose, wälzte sich ohne Federn wie ein Meerschweinchen am Boden. […] Ich bin dieser albernen Pflegertätigkeit überdrüssig. Suchen Sie sich einen anderen Hüter. […]

Rabenhüter a.D. H.B.

Diplingens Abwesenheit

Nach dem sechzigsten Wirbelmotor mit Repetier-Kolben-Schaltung wurde Herr Silbig Dipl.-Ing., Diplom-Ingenieur und so reich, dass er sich in Kufstein neben dem Hotel Auracher ein kleines Haus erwerben konnte, wo er sich und seine Frau zur Ruhe setzte. Beide Gatten waren entschlossen auch dort, wie bisher in Paris, ohne Dienstboten zu leben. Ebenso besorgten sie die Einrichtung nach Möglichkeit ohne fremde Hilfe: Und diese Einrichtung war nicht nur komfortabel zu nennen. Da wurde ein Zimmer des unteren Stockwerks zum exotischen Wintergarten gewandelt. Schöne Palmen, seltene Orchideen und Kakteen entsprossen einer Erdschicht, die den zementierten Fußboden bedeckte, und zwischen den mit Schlingpflanzen verwobenen Gewächsen luden Amoretten und Lustbetten zum Ruhen ein. Über diesem Zimmer war im höheren Stockwerk, gleichfalls durch Zement gesichert, ein Schwimmbassin für zwei Personen angelegt. Und alles andere war so perfekt auf Schönheit und Bequemlichkeit ausgearbeitet, dass Silbigs oder Diplingens, wie man sie in Kufstein nannte, schon nach vierwöchentlichem Aufenthalt sich gelangweilt nach Paris zurücksehnten. Da war es ihnen sogar angenehm, als ihr Neffe Oberreich aus Kopenhagen seinen Besuch anmeldete.

[…]

Als Oberreich eintraf, fanden Silbigs ihn übrigens gar nicht so übel, wie sie nach ihrer Erinnerung vermeint hatten. Im Gegenteil: er benahm sich außerordentlich wohltuend, wusste sich bescheiden und unterhaltsam anzupassen. Er brachte sogar ein drolliges Geschenk mit, einen kleinen, ganz jungen Goldfisch, den er, nicht ohne Schwierigkeiten, in einem Einmachglas von Dänemark bis nach Tirol transportiert hatte. Und überhaupt betrug sich der Neffe – er hatte so laute, begeisterte »Oh«-Rufe und »Ah«-Rufe für die Lustwohnung.

Erst nach Oberreichs Abreise entdeckten Diplingens, dass er das Schwimmbad mit Suppenwürze oder so was verunreinigt hatte. Sie suchten diesen unangenehmen Menschen zu vergessen, was nicht ganz leicht war, weil sie den kleinen Goldfisch so liebgewonnen hatten. Er war so rührend unbeholfen in seiner jugendlichen Unerfahrenheit. Er hatte auch noch gar keine rötliche, sondern sozusagen gar keine Farbe, war überhaupt ganz unansehnlich, eigentlich nur ein kleines, etwas längliches Bläschen. Danach tauften sie ihn auch »Bläschen«. Für Bläschen wurde ein Goldfischglas beschafft, das man auf einem Gipssockel in den Wintergarten stellte, und man fütterte das Fischlein täglich mit 48 Ameiseneiern.

Bläschen hier und Bläschen da. Aber nach acht Tagen wird jeder Fisch langweilig. Diplom-Ingenieurs fingen, jeder getrennt für sich, an zu überlegen, ob sich nicht gemeinsam erwägen ließe, inwiefern es berechtigt wäre, Pläne zu schmieden betreffs einer längeren Reise nach Paris.

[...]

»Goldfisch«. Aus Ringelnatz' Glückwunschkarte zur Konfirmation der Schwester Ottilie

Seitdem Diplingens abgereist waren, kreisten an der Decke des Wintergartens stetig langsam zwei Räder, von denen das eine dauernd einen ganz feinen Wasserstaub durch das Zimmer sprühte, während das andere nach jeder halben Stunde ein Ameisenei in das Goldfischglas fallen ließ. Das Wasser für die Sprühmaschine wurde vom Schwimmbassin hergeleitet. Das Reservoir für die Ameiseneier bildete ein großer hölzerner Schwebekasten.

Hans Oberreich hatte sich in diesem Fall keinen Scherz erlaubt. Er war, ohne es zu merken, selber betrogen worden von dem Kopenhagener Händler, der ihm statt eines Goldfisches einen ganz jungen Walfisch angedreht hatte.

Diplingens hätten eine dritte Maschinerie erfinden sollen, um die beiden anderen Räderwerke automatisch von Zeit zu Zeit mit neuem Öl zu versorgen. So aber ergaben sich Störungen, die allmählich schlimmer wurden. Der Zerstäuber am Wasserrad löste sich. Das andere Rad legte jetzt schon 20 Eier in der Minute, einige davon noch ins Goldfischglas.

Diplingens blieben abwesend. Die Gewächse im Wintergarten troffen. Starkes Rauschen übertönte das wohlige Plätschern des Goldfisches, welcher fraß und wuchs.

Das Erdreich war nicht mehr sichtbar. Die Lustbetten begannen zu schaukeln, die Amorchen torkelten. Eines Morgens erschrak der junge Goldfisch, weil er im Glase feststak, sich weder vor- noch rückwärts bewegen konnte.

Da überkam es ihn, dass er ein Walfisch sei; er blähte sich stolz. Das Glas platzte, und plumps – schwamm der Wal zwischen treibenden Lustbetten und entwurzelten Palmen. Er fing an, die Gips-Amoretten wie Biskuit zu zerknabbern.

So was bleibt auf die Dauer nicht unentdeckt. Die Auracher hörten nachts grässlich gigantisches Schnauben. Eine Klage lief gegen die abwesenden Silbigs, weil der Briefträger, als er von außen die Briefklappe an der Tür öffnete, von innen mit Wasser begossen worden war.

Selbst der kaltblütige Revierschutzmann, der das

Schloss aufbrach, kam einen Moment außer Fassung, als er beim Öffnen der Tür von einem herausschießenden, hydraulischen Walfisch die Treppe heruntergerissen wurde.

Während im Treppenhaus der Schutzmann und andere Neugierige im Strudel der nachstürzenden Wassermassen ertranken und der Walfisch schon draußen auf dem Marktplatz mit zornigen Flossenschlägen das Pflaster aufpeitschte, gab der Magistrat telegrafisch eine Annonce an alle auswärtigen Zeitungen auf: »Wer kauft einen lebenden Walfisch?«

Sofort meldete sich die Firma Hermann Tietz, Berlin.

Da man in Kufstein über kein großes, transportables Bassin verfügte, so wurde der Walfisch in nasse Tücher eingewickelt und während der Fahrt nach Berlin durch Klistiere künstlich ernährt.

Das Lied von der Hochseekuh

Zwölf Tonnen wiegt die Hochseekuh.
Sie lebt am Meeresgrunde.
Ohei! -- Uha!
Sie ist so dumm wie ich und du
Und läuft zehn Knoten in der Stunde.
Ohei! -- Uha!

Sie taucht auch manchmal aus dem Meer
Und wedelt mit dem Schweife.
Ohei! -- Uha!
Und dann bedeckt sich rings umher
Das Meer mit Schaum von Seife.
Ohei! -- Uha!
Die Kuh hat einen Sonnenstich
Und riecht nach Zimt und Nelken.
Ohei! -- Uha!
Und unter Wasser kann sie sich
Mit ihren Hufen melken.
Ohei! -- Uha!

Es bildete sich ein Gemisch
Von Stachelschwein und Tintenfisch.
Die Wissenschaft, die teilt es ein
In Stachelfisch und Tintenschwein.
Der Fisch bewohnt den Ozean.
Gefährlich ist es, ihm zu nahn.
Das Tintenschwein trifft man in Büchern,
An Fingerspitzen, Taschentüchern.
Es ist – das liegt ja auf der Hand –
Dem Igelschwein noch sehr verwandt.

Im Park

Ein ganz kleines Reh stand am ganz kleinen Baum
Still und verklärt wie im Traum.
Das war des Nachts elf Uhr zwei.
Und dann kam ich um vier
Morgens wieder vorbei,
Und da träumte noch immer das Tier.
Nun schlich ich mich leise – ich atmete kaum –
Gegen den Wind an den Baum,
Und gab dem Reh einen ganz kleinen Stips.
Und da war es aus Gips.

Und der Osterhase legt
(Bald sehr eitel, bald bewegt)
Rührei oder Spiegelei.
Schauerlich stöhnt er dabei.

»Der Osterhase«. Zeichnung von Ringelnatz, 1931

IV

Ringel-Märchen oder Es war einmal

Denn wir Menschen haben keine Schlüssel zu den tieferen Ursachen der Dinge, höchstens unvollkommene Dietriche.

Mein harmlos Lied

In einem Untertässchen
Voll Schnee und Rosenlikör
Erwachte das kleine Prinzesschen.

Noch ganz verschlafen und ohne Gehör
Gewahrte sie mit Erröten
Auf ihren niedlichen Brüsten
Sechsundvierzig breite Warzenkröten,
Die sich gegenseitig auf den Podex küssten.
Und schrie, als sie sowas erblickte:
»Pfui Keks!« Woran sie erstickte.

Und nun ist in jeder Zeitung zu lesen:
Sie sei ein großer Schweinigel gewesen.

Der ehrliche Seemann

Es lebte einmal eine Fee auf Erden in Gestalt einer schönen Prinzessin. Die wohnte in einem prächtigen Schloss, hielt sich unzählige Diener und goldene Wagen mit wertvollen Pferden und trug die kostbarsten Kleider, so dass der Ruhm ihres Reichtums wie der ihrer Schönheit weit hinausdrang. Die Prinzessin hatte im ganzen Lande verbreiten lassen, dass sie sich vermählen wolle, dass sie aber nur einen zum Gemahl nehmen würde, der ganz frei von Lüge und falscher Gesinnung wäre; denn sie liebte die Wahrheit und die Offenheit über alle Maßen. Da strömten denn die Ritter und Edelleute aus allen Teilen des Landes herbei, die die reiche und schöne Prinzessin gerne besessen hätten. Diese ließ jeden einzeln zu sich kommen, legte ihm eine Frage vor, befahl ihm, die der Wahrheit getreu zu beantworten. Darauf hieß sie ihm den Mund öffnen, setzte sich ihre Zauberbrille auf und blickte durch diese in den Mund. Da sah sie denn nun, dass keiner von den Freiern die Wahrheit gesprochen hatte, denn sie hatten alle gespaltene Zungen; das betrübte die Fee sehr, und sie schickte die Ritter und Edelleute wieder fort.

Da nun die Ritter und Edelleute kein Glück hatten, versuchten auch bald viele aus dem Volke, die Prinzessin zu gewinnen. Schuster, Schneider, Dichter, Sänger, Kaufleute und Gelehrte, ja sogar ein Bettler kamen auf das Schloss; denn die Prinzessin ließ alle ohne Unterschied zu sich; aber alle diese Leute mussten unverrichteter Sache wieder heimkehren, denn sie wurden alle von der Zauberbrille als verlogen erkannt.

Da sprach auch eines Tages ein Seemann im Schlosse vor, der war gerade von einer weiten Reise zurückgekehrt, hatte dann die Prinzessin gesehen und sich so in sie verliebt, dass er auf der Stelle zum Schlosse geeilt war und um ihre Hand anhielt.

Mit festem Schritt trat er vor den Thron der holden Jungfrau.

»Sage mir die Wahrheit«, begann diese, »was liebst du am meisten, mein Herz, meine Schönheit oder meinen Reichtum?«

»Deine Schönheit«, erwiderte der Seemann ohne Besinnen, und das war wahr, denn er kannte ja ihr Herz noch gar nicht, und aus dem Reichtum machte er sich nicht viel.

Nun setzte sich die Fee die Zauberbrille auf und gebot dem Seemann, den Mund zu öffnen. Kaum hatte sie einen Blick in diesen getan, so rief sie: »Pfui Teufel, du priemst ja!«, und damit verschwand sie mitsamt ihrem Schlosse, den Dienern, Wagen und Pferden, und der Seemann erwachte in seiner Hängematte.

Aus: Nervosipopel

Später trieb [Feix Daddeldu] sich in tropischen Ländern herum. Jahre waren vergangen, seitdem er seine Mutter verlassen hatte, und nie bekam diese ein Lebenszeichen von ihm. Dennoch wartete sie vertrauend und tapfer auf seine Rückkehr und rühmte ihren Feix und seinen besonders guten Charakter, bis Feix nach fünf Jahren plötzlich überraschend heimkam; dann nicht mehr, im Gegenteil.

Was hatte er wohl alles erlebt? Er sprach nicht darüber. Was hatte er wohl seinen Angehörigen aus dem Auslande mitgebracht? Er stellte es auf den Tisch: eine große quadratische Pappschachtel und darin: ein Moskito.

Seine Angehörigen lachten durchaus nicht. Das war doch kein Witz.

»Es ist dressiert«, sagte Feix erklärend. Aber das machte gar keinen Eindruck. Nur Paula riss den Mund auf. Feix sprach etwas zu dem Moskito in einer fremden Sprache, nicht Englisch. Sofort schoss das Insekt wie ein Pfeil in Paulas Mund. Paula spie es hustend wieder aus. Feix trocknete es mit Löschpapier. Dann gab es wieder ausländische Befehle. Das Moskito fing an, scharf summend und in schönen Brezelkurven um die Lampe herumzusausen. Frau Daddeldu schlug mit dem Besen nach dem Tiere. Feix sperrte es vorsichtig wieder in die Pappschachtel.

Die Angehörigen lasen die Lampensplitter vom Boden auf.

[...]

Frau Daddeldu hatte nie Feen missbraucht. Zum ersten Male in ihrem Leben wanderte sie nach dem Hünengrab und kratzte dreimal mit dem Hufeisen unter die Distel. Die Fee erschien, vernahm die Klage und verschwand.

Als Feix anderen Morgens erwachte und den Pappkasten öffnete, um seinem Moskito guten Morgen zu wünschen, kam statt des Insektes ein Elefant heraus. Feix lachte mächtig. Da verwandelte sich der Elefant in ein schnappendes Krokodil. Feix hielt dem Krokodil mit der Linken das Maul zu, kitzelte es mit der Rechten und lachte. Nun entglitt ihm das Kroko und nahm ätherische Feengestalt an. Feix schnalzte mit der Zunge und lächelte.

»Lächle nicht!« sagte die Fee ernst. »Vom höchsten Glück bis zum tiefsten Unglück ist nur ein knapper Schritt. Gesundheit soll dereinst abgerechnet werden, denn sie ist geliehene Begabung, andern zu helfen.«

Feix schnalzte mit der Zunge.

»Schnalze nicht!« verwies ihn die Fee. »Es kann ein lästernder Töter gütig sein, und es kann ein schlafender Unterlasser ewige Mordschuld auf sich laden.«

Feix feixte. Die Fee wechselte ihre Beinstellung,

dann rollte sie plötzlich ihre Augen feurig und sagte mit hohler Stimme: »Bebinissi kolabia ivustalinski!«

Feix feixte und schnalzte.

»Du!« rief die Fee drohend. »Du weißt nicht, wer ich bin.«

»Doch« – erwiderte Feix –, »ein rechter Nervosipopel!« Die Fee verschwand.

Von allen aufgegeben und gemieden, begann Feix nun einen liederlichen Lebenswandel. Sein Stammlokal wurde das Café Nashorn, wo Dirnen verkehrten.

Frau Daddeldu kratzte noch dreimal unter die Distel. Die Fee zuckte nervös mit den Achseln und verschwand. Aber heimlich verwandelte sie sich in eine Kokotte.

Feix verguckte sich. Seine Mutter gab sonderbarerweise immer aufs neue Geld heraus. Feix hielt die Kokotte aus. Die Kokotte ward schwanger. Feix heiratete sie trotz stärksten elterlichen Protestes. Das war sehr anständig von ihm. [...]

Der dritte Monat war halb vorbei. Drei Viertel der Stube war von der Wöchnerin ausgefüllt. Feix grübelte abmagernd darüber nach, was an der Verzögerung schuld sei. Lepopisov Ren meinte: die verbrauchte Zimmerluft.

Also musste sie ins Freie: Die Türöffnung maß 98:200, das Fenster nur 90:180. Feix brach eigenhändig die Frontwand des Zimmers nieder. [...]

Sie glitt hinaus, halb schwankend, halb schwebend. Draußen legte sie sich auf die Seite – Feix war fieberhaft gespannt –, drehte sich kugelartig weiter herum, bis ihr Bauch zuoberst kam, und auf einmal und langsam stieg sie. Stieg ruhig und majestätisch höher und höher, himmelwärts. Feix verhatterte sich in eine Rouleauschnur. Und sie stieg stetig. Plötzlich fing Feix an, wie rasend zu hupfen, aber es war schon zu spät, er erreichte nichts mehr. Sie stieg höher, feierlich, stieg wie ein Luftballon. Ohne Gondel. Aber oben, im Zenit des Ballons, auf dem Nabel, saß deutlich, unbeweglich, ernst und blass ein Moskito.

Bin wie ein Dieb durchs Fenster gestiegen.
Sah das Mädchen in seiner Jugendpracht
Nackt auf dem seidenen Bettchen liegen,
Wie ein Wunder aus einer Zaubernacht.

Und sie schlief von kindlichen Träumen belogen,
Die ein Lächeln auf ihre Lippen hauchten,
Während die Sonnenstrahlen in flimmernden Wogen
Spielend ihr Kraushaar in goldene Lava tauchten.

Mir aber pochte das Herz und als ich verwegen
Über die schneeigen Glieder mich leise gebückt,
Hat eine Rose verwelkt am Boden gelegen,
Eine Knospe, die sie im Garten gepflückt.

Sah die welke Knospe am Boden liegen,
Sah im Bettchen das süße, schlummernde Wesen. –
Leise bin ich durchs Fenster zurückgestiegen.
Und mir war, als hätt ich ein Märchen gelesen.

Ein Traum

Es war nur ein Traum, doch es war eine Pracht!
Ich glaubte in mondscheinsilberner Nacht
Auf schwellendem Rasen zu liegen.
Ein glänzendes Schloss erhob sich kühn
Und ich sah aus dem Fenster epheugrün
Ein Märchenkind lauschend sich biegen.

Ein Mädchengesicht, so lieb, so traut,
Wie ich es nimmer zuvor geschaut.

Gleich flüssigem Golde erglänzte ihr Haar
Und ich las in dem dunklen Augenpaar
Ein wehmütig banges Erwarten.
Ein leiser Wind erquickte die Luft
Und trug einen süßen, berauschenden Duft
Vom Holunderbusch durch den Garten.

Dort saß an des Springbrunns Sprudelquell
Geigend ein müder Wandergesell.

Und als dann – und das war so schön in dem Traum –
Eine Nachtigall hoch im Lindenbaum

Mit einstimmte in seine Lieder
Und schluchzend sang, wie von Schmerz und Lust,
Da war es als fiele auf meine Brust
Das Glück wie ein Morgentau nieder. – –

Die alten Linden seufzten im Wind.
Im Schlosse weinte das Märchenkind.

Da flog aus dem Schatten gespenstig vom Dach
Eine Fledermaus auf. Da wurde ich wach
Und alles war plötzlich verschwunden.

Ödes Erwachen. Wie leerer Schaum
Zerronnen war alles, was ich im Traum
So selig geschaut und empfunden. – –

Doch wie ein Trost kams über mich dann:
O glücklich, wer noch so träumen kann!

Herbst in der Bodega

Mich kitzelt was – nichts Weibliches –
Im linken Nasenloche.
Ich habe ein unbeschreibliches
Wundsehnen seit einer Woche.

Ich möchte in feuchter Buntblätternatur
Gerührt sein und Trauerndes dichten.
Ich grüble. Doch was mir einfällt, sind nur
Ganz spaßhafte, dumme Geschichten.

Mein Sinn ist mild und mein Herz ist nass.
Ich suche ein träumendes Märchen.
Doch der Kellner lacht und mich kitzelt etwas
In der Nase. Wahrscheinlich ein Härchen.

Kein Weh ergreift mich. Jetzt muss ich sogar
Noch über mich selber lachen. –
Schluss Herz! Jetzt will ich das kleine Haar
Mit dem Finger unschädlich machen.

Kuttel Daddeldu und die Kinder

Wie Daddeldu so durch die Welten schifft,
Geschieht es wohl, dass er hie und da
Eins oder das andre von seinen Kindern trifft,
Die begrüßen dann ihren Europapa:
»Gud morning! – Sdrastwuide! – Bong Jur, Daddeldü!
Bon tscherno! Ok phosphor! Tsching – tschung!
Bablabü!«
Und Daddeldu dankt erstaunt und gerührt
Und senkt die Hand in die Hosentasche
Und schenkt ihnen, was er so bei sich führt,
– – Whiskyflasche,
Zündhölzer, Opium, türkischen Knaster,
Revolverpatronen und Schweinsbeulenpflaster,
Gibt jedem zwei Dollar und lächelt: »Ei, ei!«
Und nochmals: »Ei, ei!« – Und verschwindet dabei.
[…]

Später packt er sich sechs auf den Schoß
Und lässt sich nicht lange quälen,
Sondern legt los:
Grog saufen und dabei Märchen erzählen;
Von seinem Schiffbruch bei Helgoland,
Wo eine Woge ihn an den Strand
Auf eine Korallenspitze trieb,
Wo er dann händeringend hängenblieb.

Und hatte nichts zu fressen und saufen;
Nicht mal, wenn er gewollt hätte, einen Tropfen
Trinkwasser, um seine Lippen zu benetzen,
Und kein Geld, keine Uhr zum Versetzen.
Außerdem war da gar nichts zu kaufen;
Denn dort gab's nur Löwen mit Schlangenleiber,
Sonst weder keine Menschen als auch keine Weiber.
Und er hätte gerade so gern einmal wieder
Ein kerniges Hamburger Weibstück besucht.
Und da kniete Kuttel nach Osten zu nieder.
Und als er zum drittenmal rückwärts geflucht,
Da nahte sich plötzlich der Vogel Greif,
Und Daddeldu sagte: »Ei wont ä weif.«
Und der Vogel Greif trug ihn schnell
Bald in dies Bordell, bald in jenes Bordell
Und schenkte ihm Schlackwurst und Schnaps und so weiter. –
So erzählt Kuttel Daddeldu heiter, –
Märchen, die er ganz selber erfunden.
Und säuft. – Es verfließen die Stunden.

Die Kinder weinen. Die Märchen lallen.
Die Mutter ist längst untern Tisch gefallen,
Und Kuttel – bemüht, sie aufzuheben –
Hat sich schon zweimal dabei übergeben.
Und um die Ruhe nicht länger zu stören,
Verlässt er leise Mutter und Göhren.

Denkt aber noch tagelang hinter Sizilien
An die traulichen Stunden in seinen Familien.

Bumerang

War einmal ein Bumerang;
War ein Weniges zu lang.
Bumerang flog ein Stück,
Aber kam nicht mehr zurück.
Publikum – noch stundenlang –
Wartete auf Bumerang.

Unterm Tisch

Es war ein Stückchen Fromage de brie
Das fiel untern Tisch. Man sah nicht wie.
Dort standen zwei Lackschuh mit silbernen
Schnallen.
Die fanden an dem Fromage Gefallen
Und traten nach einiger Überwindung
Mit ihm in ganz intime Verbindung.

Als abends die beiden Schnallengezierten
In einer feudalen Gesellschaft soupierten,
Erhoben sich plötzlich zwei andere Schuhe
Und knarrten verlegen und baten um Ruhe
Und sagten, als alles ruhig war:
»Verehrte, es – riecht hier so sonderbar.«

Es war ein Stahlknopf irgendwo,
Der ohne Grund sein Knopfloch floh.
(Vulgär gesprochen: Es stand offen.)
Ihm saß ein Fräulein vis-à-vis.
Das lachte plötzlich: Hi hi hi.
Da fühlte sich der Knopf getroffen
Und drehte stumm
Sich um.

Solch' Peinlichkeiten sind halt nur
Die schlimmen Folgen der Kultur.

Es war eine lustige Wendeltreppe.
Dann kam eine ernste würdige Schleppe
Und hat gerauscht und hat sich gebläht
Und sprach: »Ich bin eine Majestät.«
Da lachte die Wendeltreppe munter
Und warf die Schleppe acht Stufen hinunter.

Es war ein Brikett, ein großes Genie,
Das Philosophie studierte
Und später selbst an der Akademie
Im gleichen Fache dozierte.

Es sprach zur versammelten Briketterie:
»Verehrliches Auditorium,
Das Leben – das Leben – beachten Sie –
Ist nichts als ein Provisorium.«
[...]

V

Wortspiele – »Habe Wahrheit mit Dichtung gemengt«

Nebenbei dichtete ich humoristische Sachen. Die Einzigen, die darüber lachten, waren Telschow und ich.

Zum Dichten bin ich noch nicht gelangt, der Apfelwein und das Publikum sind zu sauer, und *Du süßer* Kerl bist zu fern.

Mit den anderen Seeleuten war ich inzwischen ganz ausgesöhnt. Ich unterhielt sie abends, indem ich mir Stecknadeln in die Arme stach, Messer warf und Glas und Kohle zerkaute. Ihre höchste Bewunderung gewann ich aber durch ein illustriertes Gedicht, das die Schlauchspritzenwut des Zweiten Steuermanns schilderte. Das Blatt wurde heimlich im Klosett der Achtergäste angenagelt.

Der Admiral Begas aus Libau besichtigte unsere Arbeiten. Der Kommandant lag erkrankt zu Bett. Er war im Unterstand plötzlich zusammengebrochen. Gerade zu dieser Zeit hatte ich die Erzählung *Lichter im Schnee* vollendet. Ich ließ sie durch den Leutnant dem Kommandanten unterbreiten mit der Anfrage, ob ich sie im Simplizissimus veröffentlichen dürfte. Er ließ mich später rufen. Ich will versuchen, das Gespräch wiederzugeben, das wir führten. Alles, was er sagte, kam in jenem bekannten »preußisch« genannten, knappen Schnauzton heraus. Ich meldete mich eintretend nach dem Bette zu: »Zur Stelle.«

»Setzen Sie sich dort auf den Stuhl!« Ich setzte mich, als hätte ich's im militärischen Turnunterricht geübt.

»Der Oberleutnant hat mir Ihren Roman vorgelesen, er liest aber schlecht. Lesen Sie mir das nochmal vor!« Ich nahm verlegen und verzweifelt das Manuskript in die Hand und las die Geschichte vor – die handlungsarm, ganz weich gehalten und eigentlich mehr ein lyrisches Gedicht war – so unmilitärisch, wie ich's vor Hermann vermochte. Es klang wie ein Rapport vor versammelter Mannschaft. Hermann unterbrach mich mehrmals mit den Worten: »Das stimmt doch nicht!«

»Nein, Herr Kapitän. Habe Wahrheit mit Dichtung gemengt.« Darauf schrie er mich plötzlich an: »Rücken Sie näher heran!« Ich sprang auf und trat stramm dem Bette näher.

»Nein!« brüllte Hermann. »Mit dem Stuhle näher! Bleiben Sie sitzen! Seien Sie mal Mensch zu Mensch!«

»Jawohl, Herr Kapitän.« Ich rückte mit dem Stuhle näher und setzte mich.

»Näher!« brüllte Hermann, dass ich erzitterte. »Mensch zu Mensch!« Ich rückte ganz nahe.

»Was haben Sie sich bei der Geschichte eigentlich gedacht?«

Ach, lieber Gott, was sollte ich da antworten?! Ich schluckste und druckste. »Ich habe gedacht, Herr Kapitän – ich habe gedacht, Herr Kapitän –«

»Ach was, Kapitän! Seien Sie Mensch zu Mensch!«

»Ich habe gedacht, Herr Ka – tsch –, dass es doch Dinge gibt – die länger sind – die merkwürdig – Gegensätze –.« Ohne Zweifel brachte ich nur konfuses Zeug heraus, und ich muss gestehen, dass die Tonart des Kommandanten zwar ununterbrochen das erwähnte Bellen blieb, dass ich aber dahinter mitunter eine tapfer verhaltene Weichheit vernahm. »Sie dürfen die Sache veröffentlichen«, meinte der Kranke schließlich, »aber erst später, wenn wir zurückkehren.« Dann fuhr er fort: »Auch unsere Pontonfahrten müssten sich doch vorzüglich verwerten lassen. Ich wenigstens habe auf diesen stumpfsinnigen Fahrten immer über allerlei nachdenken müssen. Nicht, dass ich Angst gehabt hätte.« – Er hieß mich länger bei ihm bleiben, weil er Langeweile hätte, aber er frug höflich, ob ich ihm auch solche Zeit opfern wollte.

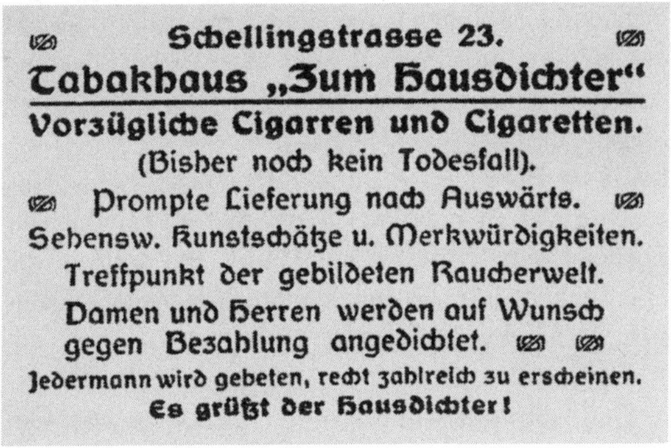

Werbung für Ringelnatz' »Tabackhaus« in der Münchner Schellingstraße

Hausdichter im Simplizissimus

Eines Nachts fasste ich den Mut, die Kathi zu fragen, ob ich einmal ein Gedicht vortragen dürfte. Sie willigte gern ein. »Silentium, ein Gast ist so freundlich, uns eigene Gedichte vorzutragen.«

Ich weiß nicht mehr, ob ich Lampenfieber hatte, als ich das Podium betrat und ein paar lyrische Gedichte von mir vortrug. Jedenfalls wurde es ein völliger Misserfolg. Nur aus Mitleid klatschten ein paar Hände. Ich verkroch mich kleinlaut.

Ging aber weiterhin jeden Abend zum »Simpl«.

Nach ein paar Tagen versuchte ich mich abermals auf der kleinen Bühne, fand aber auch diesmal keinen Anklang. Dies wurmte mich sehr. Ich dichtete ein langes humoristisches Gedicht, das auf die Lokalverhältnisse Bezug nahm, und Kathis stehendes Wort brachte »Es ist noch viel Platz, nur immer herein.« Dieses Poem lernte ich auswendig und trug es vor. Der Beifall tobte. Kathi bedankte sich überschwänglich. Julius Beck und Hugo Koppel machten mir Komplimente.

Den »Simplizissimustraum« – so hieß das Gedicht – trug ich nun allabendlich vor. Er wurde stürmisch verlangt. Ich dichtete neue Lokalverse hinzu. Kathi stellte mich Herrn und Frau Scharf und den übrigen Künstlern vor, und nun saß ich, wie ersehnt, am Künstlertisch. Jeden Abend bis drei Uhr nachts. Hugo Koppel setzte es durch, dass ich die zwei Schoppen Magdalener, die ich trank, nicht mehr bezahlen musste und dass ich später sogar eine Tagesgage von einer Mark erhielt. Dafür musste ich zweimal je vier bis fünf Gedichte hersagen.

Mitunter wurde ich von Gästen eingeladen. So erging es uns Künstlern allen. Manchmal schwammen wir in Sekt. Es kam ein Direktor oder Vertreter von Deutz und Geldermann. Der hatte geschäftliches Interesse daran, eine gute Zeche in seiner Sektmarke zu machen. Er ließ uns Künstlern den Sekt nicht glasweise, sondern flaschenweise vorsetzen. Und Kathi trank mit. Und Klieber trank mit. Und die Kassiererinnen tranken mit. Und der Zentralaustralier trank mit. Bis wir kaum noch konnten. Dann schleppte ich zwei volle Flaschen in die Küche. Aber die Köchin und die Küchenmädchen winkten mir ab, auch sie waren schon voll von Deutz und Geldermann. Koppel ging mit mir beiseite. Wir wollten den Spendern einen Dank servieren. Ich dichtete rasch ein Verschen und Koppel intonierte es in Variationen am Harmonium.

Hast du einmal viel Leid und Kreuz,
Dann trinke Geldermann und Deutz,
Und ist dir wieder besser dann,
Dann trinke Deutz und Geldermann.

Als zu Ehren Gerhart Hauptmanns ein Bankett gegeben wurde, drängte ich mich kühn in die Gesellschaft und bat den Meister in gereimten Worten, die ich sehr aufgeregt hersagte, um ein Autogramm. Er schrieb in mein Album »Kunst ist Religion«. Roda Roda schrieb dahinter »Kunst ist Prostitution«. Auf die folgende Seite schrieb Wedekind »Sünde ist ein mythologischer Begriff für schlechte Geschäfte«. Dann folgte irgendein unanständiger oder zynischer Vers von Erich Mühsam und darunter schrieb mein Vater, sichtlich verstimmt, »Mit brutaler Ehrlichkeit bringt's der Maler schwerlich weit.« Mein Vater war einmal auf der Durchreise in München und im »Simplizissimus«. Meinen Vorträgen konnte er wegen seiner Schwerhörigkeit nicht recht folgen, aber es freute ihn, dass ich Applaus hatte, und dass er selbst als Dichter und »Leutnant von Versewitz« von Kathi und den Künstlern geehrt wurde.

Wenn Marinesoldaten geschlossen marschieren, gelingt es nur selten, einen Marschgesang aufzubringen. Sie genieren sich voreinander und vor Fremden. Niemand will anfangen. Sie witzeln sich dumm drum herum. Wenn sie aber wirklich ein Lied anstimmen, dann kennen sie nur den ersten Verstext, und so verebbt ihr Marschgesang rasch.

Sie können aber auch nicht marschieren. Von dem Gang auf dem schaukelnden Deck sind sie entartet. Ihre Schritte schwanken noch an Land, auch bei völliger Nüchternheit. Bei den Marinern findet man auffallend viel krumme Beine.

Das offiziell eingeführte Deutsche Flaggenlied *Stolz weht die Flagge Schwarz Weiß Rot* wird wohl von Schulen oder Wandervögeln gern angestimmt, von Matrosen aber nur auf Befehl gesungen. Höchstens bringen es die Marinekapellen im Binnenland als beliebten Schlager.

Unbewusst bevorzugen Seeleute Lieder, die die

Monotonie einer ruhigen Seefahrt oder den Rhythmus eines durch die Wellen streichenden Schiffes tragen. Zwischen Auf und Nieder, zwischen Hin und Her, also jumpend und rollend macht ein Schiff eigenartige, mannigfaltig kombinierte Bewegungen.

In dem Schmalzlied *Stürmisch die Nacht und die See geht hoch* ist dieser Rhythmus ausgezeichnet getroffen.

Wir pflegten aber auch andere und ganz unseemännische Gesänge. Schornsteinfegerlieder, Soldatenlieder, Müllerlieder, Bergmannslieder. Wir sangen das unanständige, mitreißende Pfannenflickerlied, ausserdem viele rührselige Lieder, in denen stets das Mütterlein vorkam.

Wir sangen auf einsamer Wache, mit schnellen Schritten an Deck auf- und abgehend, oder an schönen Abenden gemeinsam auf der Back zu einer Ziehharmonika oder zu einem Banjo. Literarische Lieder sangen wir nie. Außerdem sind noch die Shandies [sic] zu erwähnen, die von den Seeleuten zur Arbeit gesungen oder mehr geschrien werden. Beim Ziehen an Tauen, beim Drehen der Winden und Pumpen. Von den Trimmern beim Schaufeln, von den Kochsmaaten beim Schaumschlagen.

Auf der Florida, wo ich unter fünfundzwanzig Mann Besatzung (unter denen einundzwanzig Nationen vertreten waren) der einzige Deutsche war, sang ich oft einen etwas schlüpfrigen Gassenhauer vor mich hin, der damals gerade populär war.

Hans und die Ella
Saßen im Keller
Auf einer Bank ... *usw.*

Dieses Lied zündete und wurde bald von allen Leuten an Bord gesungen. Alle hatten sich nach ihrer Sprache einen eigenen Text dazu erfunden, den wiederum ich nicht verstand. Die Melodie hatte ein so vergnügtes, lebhaftes Tempo und wirkte unwiderstehlich ansteckend. Der Araber säuselte das Lied mit seiner hohen Kastratenstimme. Der mürrische Kapitän Nacari brummte es heiser vor sich hin. Seine Tochter, eine süße, blondhaarige Zehnjährige, trällerte es in der Hängematte auf der Brücke, und der lange italienische Koch jubelte es laut zum Takte zweier Hackemesser, mit denen er Zwiebeln zerkleinerte.

Das scheue Wort

Es war ein scheues Wort.
Das war ausgesprochen
Und hatte sich sofort
Unter ein Sofa verkrochen.

Samstags, als Berta das Sofa klopfte,
Flog es in das linke, verstopfte
Ohr von Berta. Von da aus entkam es.
Ein Windstoß nahm es,

Trug es weit und dann hoch empor.
Wo es sich in das halbe, bange
Gedächtnis eines Piloten verlor.

Fiel dann an einem Wiesenhange
Auf eine umarmte Arbeiterin nieder,
Trocknete deren Augenlider.
Wobei ein Literat es erwischte
Und, falsch belauscht,
Eitel aufgebauscht,
Mittags dann seichten Fressern auftischte.

Und das arme, missbrauchte,
Zitternde scheue Wort
Wanderte weiter und tauchte
Wieder auf, hier und dort.
Bis ein Dichter es sanft einträumte,
Ihm ein stilles Palais einräumte. --

Kam aber sehr bald ein Parodist
Mit geschäftlich sicherem Blick,
Tauchte das Wort mit Speichel und Mist
In einen Aufguss gestohlner Musik.

So war es publik.
So wurde es volkstümlich laut.
Und doch nur sein Äußeres, seine Haut,
Das Klangliche und das Reimliche.
Denn das Innerste, Heimliche
An ihm war weder lauschend noch lesend
Erreichbar, blieb öffentlich abwesend.

Kleines Gedichtchen

Kleines Gedichtchen,
Ziehe denn hinaus!
Mach ein lustiges Gesichtchen.
Merke dir aber mein Haus.

Geh ganz langsam und bescheiden
Zu ihr hin, klopf an die Tür,
Sag, ich möchte sie so leiden,
Doch ich könnte nichts dafür.

Antwort, nein, bedarf es keiner.
Sprich nur einfach überzeugt.
Dann verbeug dich, wie ein kleiner
Bote schüchtern sich verbeugt.

Und dann, kleines Gedichtchen du,
Sag noch sehr innig: »Geruhsame Ruh«.

Sommerfrische

Zupf dir ein Wölkchen aus dem Wolkenweiß,
Das durch den sonnigen Himmel schreitet.
Und schmücke den Hut, der dich begleitet,
Mit einem grünen Reis.

Verstecke dich faul in die Fülle der Gräser.
Weil's wohltut, weil's frommt.
Und bist du ein Mundharmonikabläser
Und hast eine bei dir, dann spiel, was dir kommt.

Und lass deine Melodien lenken
Von dem freigegebenen Wolkengezupf.
Vergiss dich. Es soll dein Denken
Nicht weiter reichen, als ein Grashüpferhupf.

Ein Lied, das der berühmte Philosoph Haeckel am 3. Juli 1911 vormittags auf einer Gartenpromenade vor sich hinsang

(Von einem Ohrenzeugen)

Wimmbamm Bumm
Wimm Bammbumm
Wimm Bamm Bumm

Wimm Bammbumm
Wimm Bamm Bumm
Wimmbamm Bumm

Wimm Bamm Bumm
Wimmbamm Bumm
Wimm Bammbumm.

Aus

Nun geh ich stumm an dem vorbei,
Wo wir einst glücklich waren,
Und träume vor mich hin: es sei
Alles wie vor zehn Jahren.

Und du bist schön, und du bist gut
Und hast so hohe Beine.
Mir wird so loreley zumut,
Und ich bin doch nicht Heine.

Ich klappe meine Träume zu
Und suche mir eine Freude.
Auf dass ich nicht so falsch wie du
Mein Stückchen Herz vergeude.

Volkslied

Wenn ich zwei Vöglein wär,
Und auch vier Flügel hätt,
Flög die eine Hälfte zu dir.
Und die andere, die ging auch zu Bett,
Aber hier zu Haus bei mir.

Wenn ich einen Flügel hätt
Und gar kein Vöglein wär,
Verkaufte ich ihn dir
Und kaufte mir dafür ein Klavier.

Wenn ich kein Flügel wär
(Linker Flügel beim Militär)
Und auch keinen Vogel hätt,
Flög ich zu dir.
Da's aber nicht kann sein,
Bleib ich im eignen Bett
Allein zu zwein.

Abendgebet einer erkälteten Negerin

Ich suche Sternengefunkel.
All mein Karbunkel
Brennt Sonne dunkel.
Sonne drohet mit Stich.

Warum brennt mich die Sonne im Zorn?
Warum brennt sie gerade mich?
Warum nicht Korn?

Ich folge weißen Mannes Spur.
Der Mann war weiß und roch so gut.
Mir ist in meiner Muschelschnur
So negligé zu Mut.

Kam in mein Wigwam
Weit übers Meer,
Seit er zurückschwamm,
Das Wigwam
Blieb leer.

Drüben am Walde
Kängt ein Guruh --

Warte nur balde
Kängurst auch du.

»Herein!«

Ein elegant gekleideter Herr mit schwarzem Haar, Spitzbart und Monokel trat ein.

»Verzeihung – ich war schon gestern hier, ohne Sie anzutreffen. Ich bin Baron von Tschmltrzklptsch –« (Den Namen verstand ich nicht.)

»Ihr Besuch ehrt mich, bitte, nehmen Sie Platz. Ich habe leider nur einen Stu –«

»Danke, danke«, unterbrach er mich nervös. »Ich höre, Sie dichten gut –«

»Sehr gut«, bestätigte ich.

»Ich habe ein vielleicht etwas seltsam klingendes Anliegen an Sie, aber ich würde, wenn Sie einverstanden wären, gut honorieren. Es handelt sich um ein Gelegenheitsgedicht –«

»Goethe schrieb nur Gelegenheitsgedichte«, warf ich ein.

»Würden Sie ein Gedicht über meine Frau machen?«

»Mit Vergnügen. Frauenbedichtung ist meine Spezialität.«

»Meine Frau kommt Montag aus Florenz, wird aber nur vierundzwanzig Stunden bei mir bleiben. Da möchte ich ihr das Poem überreichen.«

»Sehr passend und vornehm.«

»Und ein Honorar von fünfhundert Mark würde Sie befriedigen?«

Ich verbeugte mich tief und konnte kein Wort herausbringen.

»Schön«, sagte der Baron, »ich müsste aber die Bedingung stellen, dass Sie mir das Gedicht am Montagabend persönlich nach Uchtriz bringen. Ich bin zwischen acht und neun Uhr im ›Hotel Kaiser‹ zu treffen. Es tut mir leid, Ihnen die Sache so erschweren zu müssen, aber ––«

»Schon gut. Ich bin ein freies Kind der Zeit. Ich brauche nur noch einige Angaben über Ihre Frau.« Damit holte ich einen für solche Zwecke bestimmten Fragebogen aus meinem Schreibtisch und begann die einzelnen Punkte vorzulesen:

»Haare?«

»Blond«, erwiderte der Fremde.

»Augen?«

»Blaugrau.«

»Größe?«

»Mittel.«

»Schlank?«

»Sehr.«

»Vorname?«

»Elisa.«

»Ah! – Besondere Eigentümlichkeiten oder sonst Erwähnenswertes?«

»Sammelt Strumpfbänder.«

»Danke bestens. Das genügt. Montag zwischen acht und neun haben Sie das Gewünschte.«

»Und nicht wahr, ich kann mich auf Ihre Pünktlichkeit verlassen?«

»Der Wahn ist kurz, die Reu ist lang!« zitierte ich, da mir nichts Passenderes einfiel.

»Schön. Soll ich den pekuniären Teil gleich – –«

»Bitte, das eilt nicht.« Ich heuchelte erhabene Gleichgültigkeit.

»Hier ist die Adresse: Uchtriz, ›Hotel Kaiser‹, acht bis neun Uhr. Dann besten Dank im voraus und auf Wiedersehen. Ich empfehle mich Ihnen!«

»Adieu, Herr Baron, habe die Ehre!« rief ich an der Treppe laut. Alle Nachbarn hörten es.

Das Gedicht über oder besser an Elisa ward noch am selben Tage fast fertig gedichtet. Es gelang wirklich schön. Nur auf Strumpfbänder fehlte mir noch ein Reim, Sumpfländer passte nicht recht und Rumpfschänder schien mir zu gesucht. Doch das wollte ich schon noch finden.

Inzwischen hatte ich mit vieler Mühe festgestellt, dass Uchtriz ein kleiner Marktflecken, etwa zwei Stunden Bahnzeit entfernt und keine Bahnstation war.

Mein Freund Koppel, dem an dieser Stelle nochmals gedankt sei, lieh mir am Montag das Fahrgeld. In strömendem Regen, auf ausgefahrenen Feldwegen musste ich von der letzten Bahnstation bis Uchtriz anderthalb Stunden zu Fuß gehen.

»Hotel Kaiser« war der beste Gasthof dort. Man

erhielt auf Wunsch Servietten. Übrigens gab es keinen Gasthof weiter in dem Ort. Als ich anlangte, erkundigte ich mich zunächst, ob ein Baron mit schwarzen Haaren, Monokel und vornehmer Kleidung dort logierte, denn ich wusste den Namen meines Auftraggebers leider nicht. Man teilte mir mit, der Herr wohne allerdings dort, habe aber nach Stallberg fahren müssen und hinterlassen, wer ihn zu sprechen wünsche, solle ihn erwarten; er käme um elf Uhr zurück.

Das war sehr fatal und eine Ungehörigkeit, die nur durch die Höhe des Honorars gerechtfertigt schien.

Ich aß von neun bis elf Uhr sieben belegte Butterbrote und feilte dabei noch etwas an meiner Ode an Elisa.

Dann wurde mir die Rückkehr des Barons gemeldet. Ein schwarzhaariger Herr mit Monokel, vornehm gekleidet, erschien. Es war jedoch nicht der von mir Gesuchte, sondern ein Bergingenieur aus Lüneburg. Außer ihm wohnte zur Zeit kein Fremder in Uchtriz, und niemand wusste etwas von meinem Baron. Ich war wütend und befand mich in einer peinlichen Situation, da ich keinen Pfennig Geld mehr besaß.

In meiner Not vertraute ich mich dem Bergingenieur an, bat ihn, mir das nötige Geld vorzustrecken, und bot ihm dafür meine Ode an Elisa an. Etwas misstrauisch zunächst, wünschte er das Gedicht zu hören. Ich las es vor. Nach der zweiten Strophe schenkte er mir das Geld wie auch das Gedicht und empfahl sich, ohne meinen Dank abzuwarten.

Sehr niedergeschlagen machte ich mich auf den Heimweg, indem ich den Schuft von Baron verwünschte, der mich so niederträchtig im Stich gelassen hatte.

Drei Tage später begegnete mir dieser Herr auf der Straße und wollte kaltblütig vorübergehen. Ich trat jedoch auf ihn zu und grüßte in erwartender Haltung.

Er sah mich einen Moment zerstreut an, dann fasste er plötzlich meine Hand und fragte mit ruhiger Stimme: »Sagen Sie mal, glauben Sie, dass es Katzen mit Flossen gibt?«

»Nein«, entgegnete ich empört, »mein Herr, ich glaube nur, dass Sie verrückt sind.« – –

Ich will nicht zu ausführlich erzählen.

Meine Meinung bestätigte sich. Der Baron entpuppte sich als ein verrückter Barbier aus der Augustenstraße, der in der ganzen Umgegend bekannt war und besonders von der Jugend als Sonderling gern verfolgt wurde. Mein eigener Sohn kannte ihn und lachte mich wegen meiner Leichtgläubigkeit aus. – – Findest du nicht, lieber Leser, dass diese Geschichte viel hübscher anfängt als aufhört?

Das Gedicht

Der neunzehnjährige Kontorist Karl Freudlink dichtete. Er notierte fließend, und zwar, was schon für sein Talent sprach, nicht auf Büttenpapier, am bequemen Schreibtisch sitzend, sondern er bekritzelte einen großen, gebrochenen Bogen gelben Packpapiers und hockte dabei auf der bescheidenen Höhe eines Kabinenkoffers.

Kalt schwieg die Nacht; mit schwarzem Kleide
Barg sie der Erde Heiterkeit.
Ein Weib stand einsam in der Heide
Und starrte in die Dunkelheit.

Als wenn ein Trost dort für das wunde,
Verzagte Herz zu hoffen wär;
Und starrte durch die stille Stunde
Ins schattenvage Ungefähr.

Bis sich in ihrer Augen Sterne
Ein Leuchten stahl wie junger Lenz.
Sie sah in gnadenreicher Ferne ---

Hier ergab sich eine Stockung. Es fiel Karl nichts ein, was die Frau des Nachts hätte sehen können, und was sich gleichzeitig auf Lenz reimte. Deshalb zerknitterte er den Packbogen und schleuderte ihn in den Papierkorb. Sogleich begann er ein neues Poem mit anderm Thema, in anderm Versmaß, auf Löschpapier, und dann ein drittes, aber auch diese Arbeiten scheiterten und wanderten als Fragmente in den Korb der Verworfenheit.

Bei der nächsten Zimmerreinigung erspähten die von Habsucht geschärften Augen der Frau Janke den gelben Bogen; sie zog ihn hervor, glättete, faltete ihn zwiefach und verwahrte ihn. Vier Tage vor Weihnachten wickelte sie eine blanke, etwas hinkende Lampe sowie eine Menge Tannenzweige und Äpfel hinein und sandte das Ganze als Christgabe ihrer Schwester Klothilde in Königsberg zu.

Die Schwester wickelte das Geschenk aus, bedankte sich dafür in einem herzlichen Brief, und weil ihr die wackelnde Lampe als ein hübscher, unbrauchbarer Gegenstand erschien, expedierte sie diesen unverzüglich samt Äpfeln und Tannenzweigen auch in der übernommenen Umhüllung weiter nach Wirballen an Herrn Zollinspektor Koester, der wegen seiner verwandtschaftlichen Zugehörigkeit so viel und wegen seiner leichtsinnigen, liederlichen Lebensart nicht mehr verdiente. Der fraß sofort sämtliche Äpfel auf, warf die Tannenzweige nebst dem Packbogen auf den Teppich und die Lampe noch in selbiger Nacht durchs Fenster nach einer ruhestörenden Katze.

Indessen waren dem abends dichtenden Freudlink mehr als hundert Verse missraten, wofür der verzweifelte Jüngling zuletzt die Unfreundlichkeit und Unsauberkeit seines Zimmers verantwortlich machte.

Nachdem er daher eines Morgens eine Spinne im Kakao und in der Spinne einen Grund zu sofortiger Kündigung gefunden hatte, verließ er Frau Janke und mietete sich bei einer reinlicheren Wirtin anderswo eine saubere Stube. Der Erfolg ließ nicht auf sich warten. Denn in der neuen Wohnung entstand alsbald eine lange Ballade mit dem Titel *Das Ross von Osnabrück*, die nach der Meinung Karls in jeder Beziehung vorzüglich gelang; er reichte sie in zierlicher Abschrift einer bedeutenden Redaktion ein und benachrichtigte außerdem seine Chefs, dass ihn ein Stirnhöhlenkatarrh für einige Tage ans Zimmer fesselte. In den einigen Tagen trieb er sich begeistert als freier Dichter umher, mit dem viel ersetzenden Gefühl, etwas Gutes geschaffen zu haben, und mit dem erhebenden Vorsatz, noch viel Vortreffliches vollbringen zu wollen. So hielt er sich häufig in Lokalen auf, wo Künstler, vornehmlich Schriftsteller verkehrten, und grüßte einige namhafte davon, die meist etwas erstaunt zurückgrüßten. Allen Kellnern gab er die Weisung: Wenn jemand nach ihm, das hieße nach dem Schriftsteller Freudlink früge, so möchten sie – und nun folgte irgendwelcher belangloser Scheinauftrag. Auch die verrufensten Lokale besuchte er, um sich beobachtend unter das Volk zu mischen, was ihm sehr bald eine ebenso unverdiente als ausführliche Tracht Prügel einbrachte. Nun begab er sich aufs Land, redete jeden Bauer, der ihm begegnete, für ein Original mit »Ihr« an und fragte nach Namen, Alter, Beschäftigung, Familie und Wohlergehen, bis ihn einer mit den Worten: »Was geht dich das an, du grüner Junge?« stehen ließ.

Es versteht sich von selbst, dass er allerwärts ein Notizbuch bei sich hatte; und in Caféhäusern, in der Stadtbahn, oder wo sonst ihn viele Menschen umgaben, zog er es hervor und schriftstellerte emsig an einem breit geplanten Epos, das reichlich konfus wurde, weil er weniger an das Werk selbst als an dessen Erfolg dachte und derweilen unausgesetzt die Wirkung seiner Schreibtätigkeit auf das ihm zuschauende Publikum beobachtete. Er war jedoch von Natur aus ein viel zu ehrlicher und aufgeweckter Mensch, um es nur bei Äußerlichkeiten und Oberflächlichkeiten bewenden zu lassen. Deshalb schickte er sich an ein eifriges und gründliches Studium klassischer Literatur, da sich ihm denn nie geahnte Herrlichkeiten auftaten. So von den Freuden ohne von den Leiden eines Dichters kostend, erwog Freudlink ernsthaft den Gedanken, seinen Bureaudienst aufzugeben und sich ganz der Versemacherei zu widmen, als *Das Ross von Osnabrück* aus der Redaktion heimkehrte mit einer gedruckten Absage am Schwanz.

Äußerst verstimmt nahm Karl wieder seine bureaukratische Tätigkeit auf und arbeitete acht Tage lang zu hoher Zufriedenheit seiner Vorgesetzten mit strengstem Fleiß. Dies half ihm seine erste starke

Enttäuschung so weit überwinden, dass er am neunten Tage die besagte Ballade einer neuen Redaktion vorzulegen vermochte. Hierauf arbeitete er eine Zeitlang zerstreut zur Unzufriedenheit seiner Chefs, währenddessen er in den Abendstunden dem früheren dichterischen Wandel oblag, bis sich abermals das abgewiesene Ross meldete. Diese Vorgänge wiederholten sich nun durch nahezu zwei Jahre. Das Osnabrücker Pferd trabte mit der Ausdauer eines Straßenbahngauls, überall weggescheucht, von Verlag zu Verlag. Schließlich erklärte ein berühmter Dramatiker, dem es mit der Bitte um Kritik vorgeführt war, der Vater des Rosses schiene ein Rhinozeros zu sein.

Von diesem Schlag erholte sich Karl nur langsam, das Ross überhaupt nicht; es starb. Sein Erzeuger, der als kaufmännischer Angestellter aufgerückt war und ein recht unkünstlerisches, aber viel gewährendes Gehalt bezog, entsagte der Dichtelei.

Wie ihn die nächsten dreißig Jahre durch verschiedene Stellungen, viele Länder und bunte Erlebnisse allmählich bis auf den leer gewordenen Thron eines Fabrikbesitzers führten, Besitzers einer kleinen chemischen Fabrik, ist ebenso interessant als amüsant zu hören, war hier aber nicht wiederzugeben, weil vorliegende Erzählung für einen Novellenwettbewerb geschrieben wurde und dazu das Höchstmaß von 7500 Silben nicht überschreiten durfte.

Längst war das gelbe Packpapier in Wirrballen einer unrühmlichen Todesart erlegen. Aber den Geist, den es auf sich hatte, übertrug eine verliebte Köchin auf eine Postkarte mit Hinzufügung eines selbstverfertigten Reims, so dass zum Schluss zu lesen war:

Bis sich in ihrer Augen Sterne
Ein Leuchten stahl wie junger Lenz.
Sie sah in gnadenreicher Ferne
Ihren geliebten Peter Joseph Kamenz.

Die Karte reiste weit hinein ins Russische, über Moskau und Samara nach Turkestan, nach Taschkent, wo sie einen deutschen Krämer beglückte. Dieser erwarb sich mit ihr viel Ansehen in Freundeskreisen, indem er die Verse dort als eigene Produktion verlas. Er schenkte sie später, mit goldenen Buchstaben auf weiße Seide gemalt, seiner frommen Tante zum achtzigsten Geburtstag, die die erbaulichen Worte zwischen die Bibel legte. Ihr Erbe, ein Kapitän, gewann das Gedicht lieb, weil es seiner Mutter etwas gegolten hatte, und er sang es, ohne Schlusszeile, oft vor sich hin nach einer eigens dazu erfundenen Melodie, nahm es auch mit sich auf einer Fahrt nach Australien. Unterwegs wurde es ein Lieblingslied der Matrosen.

Mündlich, unter Harmonikaklängen, irrte es fürder zu Wasser um den Erdball, bis es in Deutschland wieder an Land und in eine Garnison geriet, also Soldatenlied wurde. Wie jedoch so manches andere einschläft, so schlief auch das Lied ein, nicht ohne dass es vorher von einem Literarhistoriker erlauscht worden wäre, der es für ein altes, entstelltes Volkslied hielt. So kam es abermals auf Papier und zu anderen gesammelten Liedern in eine schäbige Ledermappe, die bald darauf in einem Mietwagen versehentlich zurückgelassen wurde.

Von da an bestand es durch zwanzig Jahre die wechselvollsten Abenteuer, die sich aber, so wunderlich und lehrreich sie sind, hier nicht berichten lassen, weil vorliegende Erzählung für einen Novellenwettbewerb geschrieben wurde und dazu das Höchstmaß von 7500 Silben nicht überschreiten durfte.

[...]

Eines Vormittags, während der verdrießlich gewordene Herr an der Börse zu tun hatte, ging in der Fabrik eine Zeitung unter dem Personal herum. Ein Lehrling hatte sie mitgebracht, und sie wanderte nun von Hand zu Hand bis hinauf zum Inspektor und von da hinüber ins Privatgebäude. Gleichen Weges mit der Zeitung wälzte sich ein Lachen, das, voll von verschiedenartigem Humor, in allen Tonarten bald anschwoll, bald abnahm. Die Angestellten lachten, Frau Freudlink lachte, und ihre Kinder lachten. Und sie lachten, bis der Hausherr heimkehrte und man ihm eine Anzeige aus jener Zeitung vorlas:

Kalt schwieg die Nacht im schwarzen Kleide.
Sie barg der Erde Fröhlichkeit.
Ein Weib stand einsam auf der Heide
Und schaute in die Dunkelheit.

Sie schaute manche stille Stunde
Hinaus ins schwarze Schattenmeer,
Als wenn für ihres Herzens Wunde
Ein Trost noch dort zu finden wär.

Bis plötzlich ihrer Augen Sterne
Hell leuchteten wie junger Lenz.
Sie sah in weiter, weiter Ferne:
»Fritz Hosemeyers Punschessenz«.

»Ja«, sagte der Direktor ernst, »das ist der Text! Aber die letzte Zeile ist natürlich ein reiner Unsinn.«

Auf Umwegen ließ er Herrn Hosemeyer aushorchen, woher das Gedicht stammte. Es war jedoch nicht mehr zu ermitteln, als dass dieser den Text mit einer andern komischen Schlusszeile einem fremden, unter Speichergerümpel aufgefundenen Stammbuch entlehnt hatte.

Karl Freudlink, weit davon entfernt, den wahren Sachverhalt zu ahnen, verzichtete nun endgültig auf weiteres Nachforschen und begrub seinen Verdruss in einem Artikel, den er contra Hosemeyer für ein Fachjournal schrieb, und in dem er von »geschmackloser Reklame« und »marktschreierischer Winkelpoesie« sprach.

Vielleicht war es eine herbe Fügung, dass eine Dichtung, die so viele fremde Menschen erfreut, so vielen genützt hatte, ihrem Verfasser nur Pein und Ärger bereiten sollte.

Wahrscheinlich war es gut, dass Karl Freudlink nicht die Wahrheit über die Entstehung und die Schicksale jener Verse erfuhr; es wäre sonst am Ende eine dauernde Traurigkeit und eine nicht mehr zu stillende Sehnsucht in seine Seele gezogen.

Es muss doch etwas an dem Gedicht sein, was es bisher vor dem Untergang bewahrt hat. Nun ist ja auch für seine weitere, mehrjährige Existenz durch gegenwärtigen Abdruck gesorgt.

Vielleicht wird es sich sogar noch sehr lange erhalten. Ich habe mir darüber meine eigenen Gedanken gemacht, die ich aber nicht auszuführen wage, weil vorliegende Erzählung für einen –

VI

»Ibich habibebi ...«: Wo die Liebe eben so hinfällt

Oh, Mond, du göttliches Wunder!
Du gießt aus silberner Schale
Das liebestaumelnde, fahle,
Trunkene Licht wie sengende Glut
Hin über das nachtigallige Land --

Guten Abend, schöne Unbekannte! Es ist nachts halb zehn. Würden Sie liebenswürdigerweise mit mir schlafen gehn?

Ein Nagel saß in einem Stück Holz.
Der war auf seine Gattin sehr stolz.
Die trug eine goldene Haube
Und war eine Messingschraube.
Sie war etwas locker und etwas verschraubt,
Sowohl in der Liebe, als auch überhaupt.
Sie liebte ein Häkchen und traf sich mit ihm
In einem Astloch. Sie wurden intim.
Kurz, eines Tages entfernten sie sich
Und ließen den armen Nagel im Stich.
Der arme Nagel bog sich vor Schmerz.
Noch niemals hatte sein eisernes Herz

So bittere Leiden gekostet.
Bald war er beinah verrostet.
Da aber kehrte sein früheres Glück,
Die alte Schraube wieder zurück.
Sie glänzte übers ganze Gesicht.
Ja, alte Liebe, die rostet nicht!

Schöne Frau ging vorbei

Eine Falte in deinem Kleid
Hat wie eine Woge geschaukelt,
Hat Träume mir vorgegaukelt:
Wie schön ihr seid, wie ihr seid.

Einer Woge glich diese Falte,
Von deinem Atem aufgewühlt.
Und trotzig hat diese kalte
Welle dein warmes Fleisch umspült.

Es glätten keine Bedenken solch
Bezaubernd wogende Faltung.
Ich ging an dir vorbei, wie ein Strolch
An einer städtischen Verwaltung.

Ein Liebesnacht-Wörtchen

Ja -- ja! -- ja!! -- ja!!! --
Du hast so süße Höschen.
Nun sind wir allein. Und es ist Nacht.
Ach hätte ich dir doch ein Röschen
Mitgebracht.

Daddeldus Lied an die feste Braut

Lat man goot sin, lütte seute Marie.
Mi no ssavi!
Ich habe deine Photographie
In der Mediterriniensi
Weit draußen auf dem Meere
Damals verloren,
Als ich bei den Azoren
Mit der Bulldog beinah versoffen wäre. –
  Bulldog aheu!

Swiethart! Manilahaariges Kitty-Anny-Pipi –
Oder wie du heißt –
Bulldog aheu!
Bei Jesus Chreist
Ich war – seit Konstantinopel – dir immer treu.

Scheek hends! Ehrlich und offen:
Ich bin gar nicht besoffen.

Giff öß e Whisky, du, ach du! Jesus Christ!

Skool! bleddi Sanofebitsch – Ohne Spott:
Ich glaube, dich hat der liebe Gott
An einem Sonntag zusammengespleißt.
Weißt du, was du bist: Weißt?
Hör mich einmal ernsthaft auf mich.
Du – du bist – mein zweites Ich.
Du musst mir mal deinen Namen ausbuchstabieren,
Hein soll mir das auf den Arm tätowieren.

Mary, mach mal deinem Daddeldu
Die Hosentür zu.

Ich habe noch immer die graue Salbe von dir,
Das ist ganz egal; das ist auch ein Souvenir.
Wer mir die Salbe nimmt –
Ich bin der gutmütigste Kerl, glaub es mir;
Ich habe noch keinem Catfisch ein Haar gekrümmt –
Wenn ich zurück bin aus Schangei,
Wie Gott will hoffen –
Wer mir die Salbe nimmt,
Dem hau ick die Kiemen entzwei.

Bulldog aheu! Ich bin nicht besoffen.
Wirklich nicht!
Wirklich nicht!
Wer mir die Salbe krümmt,
Dem renn ich die Klüsen dicht. –
Komm her, Deesy, wir schlagen die Bulldog entzwei.

Wenn ich aus Kiatschu, Kiatschau –
Porko dio Madonna!
Mary, du alte Sau,
Wer dir die Salbe stiehlt aus Schangei,
Der wird einmal Kapitän Daddeldus Frau.

Genau besehn

Wenn man das zierlichste Näschen
Von seiner liebsten Braut
Durch ein Vergrößerungsgläschen
Näher beschaut,
Dann zeigen sich haarige Berge,
Dass einem graut.

Schöne Fraun mit schönen Katzen

Schöne Fraun und Katzen pflegen
Häufig Freundschaft, wenn sie gleich sind,
Weil sie weich sind
Und mit Grazie sich bewegen.

Weil sie leise sich verstehen,
Weil sie selber leise gehen,
Alles Plumpe oder Laute
Fliehen und als wohlgebaute
Wesen stets ein schönes Bild sind.
Unter sich sind sie Vertraute,
Sie, die sonst unzähmbar wild sind.

Ringelnatz mit Alma Baumgarten (»Maulwurf«), 1913

Fell wie Samt und Haar wie Seide.
Allverwöhnt. – Man meint, dass beide
Sich nach nichts, als danach sehnen,
Sich auf Sofas schön zu dehnen.

Schöne Fraun mit schönen Katzen,
Wem von ihnen man dann schmeichelt,
Wen von ihnen man gar streichelt,
Stets riskiert man, dass sie kratzen.

Denn sie haben meistens Mucken,
Die zuletzt uns andre jucken.
Weiß man recht, ob sie im Hellen
Echt sind oder sich verstellen?
Weiß man, wenn sie tief sich ducken,
Ob das nicht zum Sprung geschieht?
Aber abends, nachts, im Dunkeln,
Wenn dann ihre Augen funkeln,
Weiß man alles oder flieht
Vor den Funken, die sie stieben.

Doch man soll nicht Fraun, die ihre
Schönen Katzen wirklich lieben,
Menschen überhaupt, die Tiere
Lieben, dieserhalb verdammen.
Sind Verliebte auch wie Flammen,
Zu- und ineinander passend,
Alles Fremde aber hassend.

Ob sie anders oder so sind,
Ob sie männlich, feminin sind,
Ob sie traurig oder froh sind,
Aus Madrid oder Berlin sind,
Ob sie schwarz, ob gelb, ob grau, –

Auch wer weder Katz noch Frau
Schätzt, wird Katzen gern mit Frauen,
Wenn sie beide schön sind, schauen.

Doch begegnen Ringelnatzen
Hässlich alte Fraun mit Katzen,
Geht er schnell drei Schritt zurück.
Denn er sagt: Das bringt kein Glück.

Essen ohne dich

Ich habe mich hungrig gefühlt,
Doch fast nichts gegessen.
War alles lecker, das Bier so schön gekühlt –
Aber: du hast nicht neben mir
Gegessen.

Verzeihe: Ich stellte mir vor,
Dass das ewig so bliebe,
Wenn du vor mir ––
Ach was geht über Liebe?!!

Muss ich nun doch
Ein paar Tage noch

Fressen, ohne Lust; o das hass ich. –
Aber wenn du von der Reise
Heimkehrst, weiß ich, dass ich
Wieder richtig speise.

Brief in die Sommerfrische

Ich habe so Sehnsucht nach dir.
Weil alles so gut steht
Auf unserem Gemüsebeet.
Und du bist in England. Nicht hier
Bei mir.
Frau heißt auf Englisch »wife«;
Muss man, um das zu lernen,
Sich so weit und so lange entfernen?

Bei uns ist alles Gemüse reif.
Meinst du, dass ich das allein
Esse? Kommt gar nicht in Frage.
Und so vergehen die Tage.
Könnte doch zu zweit so billig sein.

Bis August und noch September vergeht,
Ist alles verfault auf dem Beet.
Aber Englisch ist wichtiger als Gemüse,
Das es schließlich auch in Büchsen gibt.
Und ich gönne dir das alles sehr. Grüße
Dich!
Dein Mann (einsam in dich verliebt).

Postkarte

Sonjalein, Sonjalein,
In der fernen Stadt.
Jetzt beim Wein denk ich dein.
Vor mir frisst ein Nimmersatt,
Der schon viel gefressen hat,
Weiter Schwein für Schwein.
Ich bin ganz allein.
Sonjalein, Sonjalieb,
Sonja, Sonjaleinchen,
Um bescheidenes Vogelpiep
Kümmert sich kein Schweinchen.

Heimliche Stunde

Ein kleiner Spuk durch die Dampfheizung ging.
Keine Uhr war aufgezogen.
Ein zu früh geborener Schmetterling
Kam auf das Schachbrett geflogen.

Es ging ein Blumenvasenblau
Mit der Sonne wie eine Schnecke.
Ich liebe Gott und meine Frau,
Meine Wohnung und meine Decke.

Ich habe dich so lieb

Ich habe dich so lieb!
Ich würde dir ohne Bedenken
Eine Kachel aus meinem Ofen
Schenken.

Ich habe dir nichts getan.
Nun ist mir traurig zu Mut.
An den Hängen der Eisenbahn
Leuchtet der Ginster so gut.

Vorbei – verjährt –
Doch nimmer vergessen.
Ich reise.
Alles, was lange währt,
Ist leise.

Die Zeit entstellt
Alle Lebewesen.
Ein Hund bellt.
Er kann nicht lesen.
Er kann nicht schreiben.
Wir können nicht bleiben.

Ich lache.
Die Löcher sind die Hauptsache
An einem Sieb.

Ich habe dich so lieb.

Bon soir madame la lune! Et salu jusque demain. Ibich habibebi liebieb, piep! And one day more is finished. *Remember me* in Bln. on the Thema Faschingszug-Basel-Panther. Ichio binio wiederio vergnügto! Asta la vista sine arruar! D. Paut. Ich ging nachmittags in einen Film und merkte dann bald, dass ich ihn schon kannte (ich ..), hörte ihn nun aber französisch.

Gedicht in Bi-Sprache

Ibich habibebi dibich,
Lobittebi, sobi liebib.
Habist aubich dubi mibich
Liebib? Neibin, vebirgibib.

Nabih obidebir febirn,
Gobitt seibi dibir gubit.
Meibin Hebirz habit gebirn
Abin dibir gebirubiht.

»Friedel, schau mal den!«

»Hui, ein schneidiger Kerl. Welche Heldenbrust.«

»Und der Wuchs; wie eine Statue. Das ist das echte Prototyp eines Matrosen. Deutschland zur See, übers Meer Ausschau haltend. – Gelt, die Marineuniform ist doch schön? – Ich könnte solche Idealgestalt …«

»Willst du dich etwa verlieben, Mirzl?«

»Hab schon –– o Gott! …«

»Pfui. Deine Idealgestalt kratzt sich. Und schau nur! Schau nur! Wie steif er sich niederlässt …«

»Lach doch nicht so – das hängt vielleicht – ha ha – mit dem Kratzen zusammen.«

»Pst! er hört alles. Komm, wollen ihn mal fragen, was das dort für ein Schiff sei.« –

»Verzeihen Sie. Können Sie uns wohl sagen, was das dort für ein rotes Licht ist?«

Er stand nicht auf vor den Damen. Die begeisterte Meinung der zum Lachen geneigten Freundinnen sank ein wenig und gleich darauf bedeutend, als der deutsche Seemann gutmütig bieder zurückfragte: »Das Lichd? Uff'n Wasser dord? Das rode Lichd?«

»Ja.«

»Das is' ä Dorbedopoot.«

»So, ein Torpedoboot.« Mirzl stieß heimlich Friedln an. »Ich glaubte, es sei die Fähre.«

»Nee, ä Dorbedopoot.«

»Sie sind gewiss auch auf einem Dorbedo …« Mirzls Frage blieb in einem Lachausbruch stecken.

»Ich war. Jetz bin ich zor Erholunk hier.«

»Aber Mirzl, nu meckere doch nicht in einem fort über die alte Geschichte. – Meine Freundin hat nämlich so was Komisches erlebt. – Also zur Erholung?

Dann haben Sie wohl schon Seegefechte mitgemacht?« –

»Eens, ä kleenes.«

»Das muss furchtbar sein. Erzählen Sie uns doch davon. Auf welchem Schiff waren Sie denn? –– Sie erlauben wohl, dass wir uns auf einen Moment hierhin gießen? …«

»Nu nadierlich. Aber 's ist feichd. Wolln Se sich nich uff meene Jagge setzen?«

»Nein, danke bestens.«

Mirzl zögerte noch. Es schien ihr doch ein bedenklich kühnes Abenteuer, sich im Finstern neben einem fremden Matrosen zu lagern. Jedoch im Grunde fühlte sie sich über seinen Charakter im Klaren.

»D'n Namen von dem Schiff darf ich nich verraden. Das Gefächd war ooch egendlich gee Gefächd. Ä Greizer dauchde bletzlich uff un warf ä baar Granaden an Bord …«

»Nein, ist so was möglich?«

»Ja. Gerade middags in d'n Hammelgohl.«

»Sie speisten also zu der Zeit? Haben Sie denn die Schüsse erwidert?«

»Ja, wir feierden ooch riewer, aber der Greizer rikde aus.«

»Aber Friedl, da ist doch nichts Lächerliches bei. Stelle dir einmal vor, du müsstest im Granatenhagel mit solcher donnernden Kanone hantieren.«

»Ach, das is garnich so schlimm wie mer dengd. Iwrichens hawe ich gar nich mid geschossen.«

»Sie waren jedenfalls unten an der Maschine beschäftigt?«

»Nee, ich bin Schduard; ich ging gerade mid vier Dellern Hammelgohl über Deck.«

»Nun, das ist ja alles eins – Mirzl, nimm! dich endlich einmal zusammen; jeder tut dort seine Pflicht, wo er hinpostiert wird. Und die Gefahr droht allen.«

»Na ä'm. Bei der Marine gann mer sich de Arweed nich aussuchen.«

»Nein, das meinte ich auch. Sie konnten ebenso leicht getroffen werden wie die Leute an den Kanonen.«

»Mich had's ooch erwischd. Ä Granadschblidder haude mir alle vier Deller um die Nase …«

»Still! Mirzl, da kommt jemand. Wir sind also nicht die einzigen Nachtschwärmer.«

»Das is ä Landoffizier mid der Echodame; mer heerd's.«

»Wie? Kennen Sie die auch?«

»Nur vom anheeren. Ich genne se alle; ich sitze hier alle Awende.«

»Aber in bezug auf das rote Licht haben Sie sich doch geirrt; es ist die Fähre von Dänemark.«

»Ach ja, de Fähre von Dänemark; das deischd manchmal.«

In der anspruchslosen Frohlaune, worin sich die

Damen befanden, blieb ihnen die Unterhaltung mit dem Sachsen noch länger amüsant. Nur bedauerten sie, dass die Dunkelheit sein Gesicht verbarg.

»Rauchen Sie nie? Rauchen Sie uns doch bitte was vor.«

»Nee, ich rooche jetz nich.«

»Sie haben gewiss schon das Eiserne Kreuz?«

»Ja, das is ooch bei mir hängen gebliem.«

»O bitte, zeigen Sie doch mal!«

»Das gann mer jetz nich sehen.«

»Warten Sie, wir haben Feuerzeug. Friedl!«

»Nee nee, lassen Se man. Machen Se lieber geen Lichd. Ich darf nämlich, offen geschdanden, nach acht Uhr nich mehr an d'n Schdrand. Das is fier Soldaten …«

»Verboten. Richtig, richtig.« –

»Hm, wo nur Emil heide bleibd?«

»Erwarten Sie jemanden?«

»Ja, mei Freund wolde mich abholen.«

Das gemahnte an die vorgerückte Stunde. Die Damen empfahlen sich mit freundlichen Wünschen für den Matrosen.

»Freileins«, rief der ihnen nach, da sie einige Schritte gegangen waren. Sie blieben stehen. »Wie?«

»Nu, 's is schon kud, kude Nachd!«

»Gute Nacht!« »Gute Nacht!«

»Ooder hm – wenn Se vielleichd – …«

»Was will er noch?« »Ja? – Herr Fritsche?«

»Mei Freind scheint nämlich nich mehr zu gomm ...«

»Haben Sie noch etwas auf dem Herzen?«

»Ja, wenn Se so giedlich sein wolln und de Freindlichgeet hädden, mich bloß ä Schdickchen, bloß ans Geländer om zu bringen; ich bin nämlich ä Bisschen malado uff de Oochen.«

»Was sind Sie?« – »Ach so, Sie – Sie sehen nicht gut. Selbstverständlich. Friedl, gib mal dein Feuerzeug. Seien Sie unbesorgt, es bemerkt Sie niemand.«

Durch die Nacht tönte das Rackern des Rädchens am Feuerstein. Beim aufflammenden Lichte blinzelten die Mädchen neugierig nach dem Matrosen hin, der sich halb erhoben hatte, so dass er nun vor ihnen kniete. Ihre übereinstimmenden Blicke begegneten einander. Friedl sagte leise zu Mirzln, aus trockener Kehle heraus: »Er ist blind.«

»Das wollen wir schon kriegen, lieber Fritsche. Geben Sie mir mal Ihren Arm. Friedl, geh auf die andere Seite. So. – Jedenfalls waren wir recht gemütlich beisammen. Gelt, Herr Fritsche? Ich heiße Mirzl Schwesterling und meine Freundin Friedl Mahler. – Wollen Sie nicht ein Butterbrot bei uns – ach, Sie haben keinen Urlaub? Schade. Dann bringen wir Sie jetzt in Ihr Quartier und morgen abend treffen wir uns hier wieder.« ––

Das ist nun kein richtiger Scherz.
Ich bin auch nicht richtig froh.
Ich habe auch kein richtiges Herz.
Ich bin nur ein kleiner, unanständiger Schalk.
Mein richtiges Herz. Das ist anderwärts, irgendwo
Im Muschelkalk.

Betrachtungen in einer Bahnhofswartehalle

Wie seine eigne Spucke schmeckt,
Das weiß man nicht.
Wenn man in seinen Spiegel leckt,
Kriegt man die Spucke zu Gesicht.

Das muss durchaus kein Spiegel sein.
Man kann aufs Sofa, auf die Hand,
Man kann auf jeden Gegenstand,
Wenn man nur richtig hintrifft, spein.

Jedoch: Tut wohl ein Gent,
Der etwas von Bazillen
Weiß und die Folgen kennt,
Bazillen das zu Willen??

Man spuckt von Bord ins Meer bei Sturm.
Man spuckt diskret vom Eiffelturm
(Bis unten sechs Sekunden).

Man spuckt an einen Litfasszaun,
Doch nie in Gegenwart von Fraun
Und stets in stillen Stunden.

Weh dem, der sie verliert!
Weh dem, der sie vergeudet,
Die Spucke! Sie bedeutet
Viel, wenn man raucht und priemt, frankiert,
Umblättert, löscht, aquarelliert.

Die eigne Spucke, Mimikry,
Verdirbt den Appetit uns nie.
Ich bin nicht ihr Entdecker.
Ich bin kein Speichellecker,
Bin kein Feinschmecker,
Doch ich liebe sie.

Ich liebe nur die meinige.
Ausnahmen sind exzeptionell
Und – frei gesagt – dann sexuell;
Obwohl ich solche Leute niemals steinige.

Manches soll man verschlucken.
Jetzt naht mein Zug. Die Zeit vergeht.
Ich weiß, in jedem Wagen steht:
»Nicht auf den Boden spucken.«

Ein männlicher Briefmark erlebte
Was Schönes, bevor er klebte.
Er war von einer Prinzessin beleckt.
Da war die Liebe in ihm erweckt.
Er wollte sie wiederküssen,
Da hat er verreisen müssen.
So liebte er sie vergebens.
Das ist die Tragik des Lebens!

VII
Poetische Purzelbäume im Land der Turner und Denker

Klimmzug

[…]
Immer weiter, herrlichen Zeiten entgegen.
Sollte dich ein Floh am Po kneifen,
Nicht mit beiden Händen zugleich danach greifen.
Nicht so ruckweis hin und her schlenkern;
Das passt nicht für ein Volk von Turnern und
Denkern.
Klimme wacker,
Alter Knacker!
Klimme, klimb
Zum Olymp!
Höher hinauf!
Glückauf!
Kragen total durchweicht.
Äh – äh – äh – endlich erreicht.
Das Unbeschreibliche zieht uns hinan,
Der ewigweibliche Turnvater Jahn.

Der Stein

Ein kleines Steinchen rollte munter
Von einem hohen Berg herunter.

Und als es durch den Schnee so rollte,
Ward es viel größer als es wollte.

Da sprach der Stein mit stolzer Miene:
»Jetzt bin ich eine Schneelawine.«

Er riss im Rollen noch ein Haus
Und sieben große Bäume aus.

Dann rollte er ins Meer hinein,
Und dort versank der kleine Stein.

Zum Aufstellen der Geräte

Ein Muster

So unterwegs in einem schönen Hechtsprung
Erblickte er das Licht der Welt, das Leben,
Und hat – obwohl er damals doch noch recht jung –
Sich dort sofort in Hilfsstellung begeben.
Den Kniesturz übend und manch andre Tugend,
Verging ihm eine turnerische Jugend
Im Wachen teils und teils im Traum
Und Freitagnachmittags am Schwebebaum.

Vorturner wurde er und Löwenbändiger,
Seemann und Schornsteinfeger, Akrobat
Und schließlich turnerischer Sachverständiger
Im transsibirischen Artistenrat.
Er las die Morgenzeitung stets im Handstand,
Vom Hang der Freiheit sprach sein roter Schlips.
Er glich – wie er im Turnsaal an der Wand stand –
Dem allbekannten Herkules aus Gips.

Inhaber aller silbernen Pokale,
Erwarb er sich den Franziskanerpreis
Und im August in Halle an der Saale
Die Jahnkokarde mit dem Lorbeerreis.
Ein zarter Kern in einer rauhen Schale.

Er hat sich mit einem Salto mortale
Aus dem Leben
Über ein Felsengeländer
Hinwegbegeben.

Wettlauf

Publikum ungeduldig scharrt –
Scharren lassen – hier Start –
Taschentuch? Keins –
Schweiß –
Heiß –
Zum Beweis
Des Nichtaufgeregtseins:

Billet Spucke kneten.
Achtung: Eins!
Nicht mehr Zeit auszutreten –
Was? Rauchen verbeten? –
Sie da, der Dritte, weiter zurücktreten –
Soo! – Endlich Musik –
Der bekannte
Augenblick,
Wo –
Wenn der Trikot
Nur nicht so spannte –
Schweinerei –
Wäre fatal –
Achtung: Zwei!
Teufel nochmal!
Heiliger Joseph, steh mir bei!
Achtung: Drei!
Tapelti, tapelti, tapelti
Mut!
Gut!
Kopf senken!
Arme vom Leib!
Frieda denken!
Herrliches Weib!
Schade, dass Mund stinkt!
Das war sie! – lacht – winkt –
Oh, oh! Oh, oh!
Mein Trikot!

Vorne gespalten.
Taschentuch vorhalten –
Jetzt Quark!
Nur laufen!
10 000 Mark –
Wochenlang saufen –
Wenn's glückt –
Schulden bezahlen –
Tante verrückt –
Meyers prahlen –
Sieger gratuliert –
Fotografiert –
Händedruck –
Tun als ob schnuppe –
Wändeschmuck –
Lorbeersuppe –
Zeitungsreklame –
Filmaufnahme –
Frieda seidenes Kleid –
Otto platzt Neid –
Engelmann – Wut –
Anton – Pump –
Aushalten! Mut!
Weg da! Lump! –
Einer von beiden –
Weg abschneiden –
Puff!
Was bild't sich –

Uff!
Gilt nich!
Feste druff.
Gar nicht kümmern!
Schädel zertrümmern!
Zuchthaus –
Flucht – Haus –
Schande –
Tante –
Sterben –
Beerben –
Unsinn! Was Quatsch! Quatsch!
Teufel noch mal!
Laternenpfahl.
Mehr links, ach! ach!
Stopp! Frieda! Halt! Krach!
Kladderadatsch!
Knätsch daun! au! aus!
Ohhhhh! – Publikum Applaus.

Humpelnde Welt

Es bleibt nicht aus, dass man den Mut verliert,
Wenn man schon längere Zeit mit seinen wunden
Füßen herumexperimentiert. –
Ich hatte noch immer nicht den richtigen Schuh,
Die richtige Sohle, die richtige Salbe gefunden;
Ich sah – fast getröstet – anderen Humpelnden zu.

Und kam ein Morgen, ein kalter, unangenehmer,
Der hatte – mir günstig – mir freudige Post beschert.
Ich humpelte weinwärts, aber ich hinkte bequemer
Als sonst. Und fand alles Leben so lebenswert.

Ich glaube: es schneite, donnerte, regnete,
Rauchte – aber für mich nicht bestellt.
Mir lächelte alles, was mir begegnete.
Auch du kannst so schön sein, humpelnde Welt.

Fußball

nebst Abart und Ausartung

Der Fußballwahn ist eine Krank-
Heit, aber selten, Gott sei Dank.
Ich kenne wen, der litt akut
An Fußballwahn und Fußballwut.
Sowie er einen Gegenstand
In Kugelform und ähnlich fand,
So trat er zu und stieß mit Kraft
Ihn in die bunte Nachbarschaft.
Ob es ein Schwalbennest, ein Tiegel,
Ein Käse, Globus oder Igel,
Ein Krug, ein Schmuckwerk am Altar,
Ein Kegelball, ein Kissen war,
Und wem der Gegenstand gehörte,
Das war etwas, was ihn nicht störte.

Bald trieb er eine Schweineblase,
Bald steife Hüte durch die Straße.
Dann wieder mit geübtem Schwung
Stieß er den Fuß in Pferdedung.
Mit Schwamm und Seife trieb er Sport.
Die Lampenkuppel brach sofort.
Das Nachtgeschirr flog zielbewusst
Der Tante Berta an die Brust.
Kein Abwehrmittel wollte nützen,
Nicht Stacheldraht in Stiefelspitzen,
Noch Puffer außen angebracht.
Er siegte immer, 0 zu 8.
Und übte weiter frisch, fromm, frei
Mit Totenkopf und Straußenei.
Erschreckt durch seine wilden Stöße,
Gab man ihm nie Kartoffelklöße.
Selbst vor dem Podex und den Brüsten
Der Frau ergriff ihn ein Gelüsten,
Was er jedoch als Mann von Stand
Aus Höflichkeit meist überwand.
Dagegen gab ein Schwartenmagen
Dem Fleischer Anlass zum Verklagen.
Was beim Gemüsemarkt geschah,
Kommt einer Schlacht bei Leipzig nah.
Da schwirrten Äpfel, Apfelsinen
Durch Publikum wie wilde Bienen.
Da sah man Blutorangen, Zwetschen
An blassen Wangen sich zerquetschen.

Das Eigelb überzog die Leiber,
Ein Fischkorb platzte zwischen Weiber.
Kartoffeln spritzten und Zitronen.
Man duckte sich vor den Melonen.
Dem Krautkopf folgten Kürbisschüsse.
Genug! Als alles dies getan,
Griff unser Held zum Größenwahn.
Schon schäkernd mit der U-Bootsmine
Besann er sich auf die Lawine.
Doch als pompöser Fußballstößer
Fand er die Erde noch viel größer.
Er rang mit mancherlei Problemen.
Zunächst: Wie soll man Anlauf nehmen?
Dann schiffte er von dem Balkon
Sich ein in einem Luftballon.
Und blieb von da an in der Luft,
Verschollen. Hat sich selbst verpufft. –
Ich warne euch, ihr Brüder Jahns,
Vor dem Gebrauch des Fußballwahns!

Zeichnung von Ringelnatz, 1917 (Ausschnitt)

[...]
Boxkampf–
Boxer –
Boxen –
Boxel –
Boxkalf –
Boxtrott –
Boxtail –
Boxbeutel.

Der Unfall

Es sprach das Gehirn erschüttert
Zur Nase: »Du blutest stark!«
Es sagte der Hut verbittert:
»Ich bin total zerknittert
Und war auf Seide gefüttert
Und kostete dreißig Mark!«

Es sagte das Auge verschwommen:
»Ich fühle mich wieder frei.
Das Ganze wird uns gut bekommen;
Das Herz ist nicht entzwei!«

Das Herz sagte: »Sowas kommt vor.
Vor allem aber lebt unser Humor,
Und deshalb werde ich nun
In eurem Namen Gott innig danken,
Wie das die Erschreckten und Kranken –
Leider fast nur die – tun!«

Billardopfer

Er starb am Billard, beim letzten Stoße.
Engel trugen ihn in die Höh'.
Abraham fand in seinem Schoße
Blaue Kreide und ein Billardqueue,
Und er stieß in spielerischer Idee
Nach den Sternen und Monden mit Linkseffet.
Abraham bekam das Spielen satt,
Weil der Himmel keine Bande hat.
Warf also das Queue wütend zur Erde zurück.
Das brach einer alten Frau das Genick.
Die stand auf der Straße, doch nicht auf der
Einwohnerliste.
Die nächste Gemeinde begrub und bezahlte die
Kiste.
Und von dem Blitze, der bald dieses, bald jenes
vernichtet,
Wurde dann unter »Lokales« berichtet,
Dass er eine fremde Zigeunerin draußen erschlug,
Die einen gestohlenen Billardstock bei sich trug.

Ob wohl in Afrika oder am Delta des Nils
Auch Leute so sterben als Opfer des Billardspiels??

Zeichnung von Ringelnatz, 1924

VIII

Natz-trowje oder »Iss dich froh«

Eine Sektfirma sandte mir für ein Gedicht eine Präsentkiste mit sechs Flaschen Sekt, die mir für meinen armen Pegasus eine hochwillkommene Anfeuerung bedeutete.

Der Herr »Ober« bemühte sich, meine schlechte Stimmung auf den nervösesten Punkt zu schrauben, durch allerhand Schikanen, die ich in vier Humoresken und einer Tragödie zu verwenden gedenke.

Änne Häringsgeschichte

Heernse, da is m'r ä mäl änne eegendiemliche Geschichte bassiert. Ich sitze Sie an ä scheenen Frihlingsam'nde nach'm Am'ndessen in Stadtgarten, hawe ähm's finfte nuntergegossen un denke: de wärscht berabben un derheeme gehn, unterwegs awer Dir noch ä Häring goofen, denn das viele Bier hatte m'r widder Hunger gemacht. Gesagt – gedahn. Ich goofe m'r in ä Deligatessengeschäft ä Häring, lasse m'r'n in ä Babier einwickeln un stecke das Backetchen in de rechte Rockdasche. Wie ich nu so uff d'r

Promenade hindrottle, da fiehl ich uff eemal än Ruck in meiner rechten Rockdasche. Im selben Moment rennt ä Mann von mir wegk mit ätwas weißen in der Hand ... Mei Häring! Ich wie d'r Wind hinterher. Weil ich awer doch ä bischen was in Gobb hatte, renn ich uff'n Geenigsplatz mit aller Macht an ee Ladernenpfahl, dass 'ch uff'n Fleck ricklings hinsterze. Wie ich mich widder uffgerabbelt hadde – warsch Luder wegk. Ich also derheeme. Gorz vor meiner Wohnung will ich's Daschenduch rausholen, greife dabei in was nasses un wie ich's rausziehe un vor de Oogen halte, is es – mei Häring. Na, *die* Freede! I, denk ich, dass där Spitzbuwe nur's *Babier* erwischt hat, das is werklich änne Himmelsfiegung! Un so gomm ich ze Hause an. Alles finster un meischenstille. Ich werf d'n Häring uff'n Disch (där de gleich linker Hand von der Diere näwen d'n Schermständer steht) un streiche ä Zindhölzchen an. Wie ich Licht gemacht hawe, da säh ich ärscht: da war Sie *gar gee Disch nich da*! Ich suche d'n Häring – *där war Sie verschwunden*! Ich suche alles rings rum ab, wohl anne Vertelstunde lang – mei Häring nich ze finden! Na, denk 'ch – denn d'r Gobb brummte m'r eeklig schon von wegen dän Stoße! – morgen wärn s'n schon finden – so ä Häring gann doch nich wegkschwimmen. Un damit leg ich mich – ganz leise, um meine Alte nich uffzewecken – in de Falle. D'n andern Morgen – denken Se, d'n Häring hatten se *nich* gefunden! –

geh ich ins Geschäft un weils an ze drebbeln fängt, spann ich meinen Scherm uff. Wie ich'n iewer mich halte, da fällt m'r was nasses klebriges ins Gesicht. Was warsch – mei Häring! Ich, schnurrstracks zerick zu meiner Alten. Anna, sag ich, hier hast de d'n Häring, lass'n hibsch wässern un mach' m'r ä baar Gartoffeln drzu – ich frei mich schon seit gestern uff'n – un dann erzählt ich'r ausfiehrlich mei ganses Erlebnis. Wie ich fert'g bin, guckt se sich den Häring von allen Seiden an, fängt bletzlich an ze lachen un ruft: Awer, August, das is ja ä – *Beekling*!

Stelzebehns Silvesterfest

Rentmeister Adolf Stelzebehn –
Obwohl einer der fleißigsten
Beamten, die im Staatsdienst stehn –
Der pflegt am einunddreißigsten
Dezember nicht zu Bett zu gehn.
Er hält's wie viele Leute:
Er speist am Abend mit der Frau
Und seinem Sohne Karpfen blau
Und detailliert dabei genau,
Was dieser Tag bedeute.
Um zehn Uhr fünfzig wird dem Sohn,
Der dazu von dem Vater schon
Seit Jahren angeleitet

Ist und studiert und überhaupt –
Wird also diesem Sohn erlaubt,
Dass er den Punsch bereitet.
Halb zwölf Uhr muss er fertig sein.
Inzwischen bringt das Mädchen
Das sämtliche Stanniol herein,
Das man von Schokolädchen,
Von Tabak, Seife, Camembert
Sowie auch von der Straße her
Sammelte unverdrossen.
Dann wird mit Hilfe dieses Zinns
Und in Erwartung tiefsten Sinns
Ganz ängstlich Blei gegossen.
Nun darf das Mädchen auswärts gehn
Zu ihrem Bleisoldaten.
Derweil die Leute Stelzebehn
An dem Gegossnen raten
Und Wunder was im Garnichts sehn.
Dreiviertel zwölf wird Vater weich,
Die andern folgten ihm sogleich,
Und teils die Gläser füllend,
Teils sich in Schweigen hüllend,
Ernst, brauchgemäß bemeistern sie
Des Jahres Schlussmelancholie.
Ergriffen wie die Engel,
So warten sie und sehen nur
Die Uhr, die Uhr, die Uhr, die Uhr.
Dann greift die Hand zum Stengel

Des Glases. Die Balkontür kracht.
Drei Stimmen rufen durch die Nacht
In Glockenlärm und Prostgeschrei:
»Prost Neujahr!« Und dann küssen
Sie sich (die Mutter gähnt dabei).
Dann gehen sie zu Bett, die drei,
Weil sie früh aufstehen müssen.
So war das stets und jedes Jahr,
Bis einmal, da es anders war.
Damals – wie andre in der Not
Der Zeit gehaltlich abgebaut –
Aß Adolf Wurst mit Sauerkraut
Statt Karpfen blau zum Abendbrot.
Darüber schimpfte er schon laut.
Um zehn Uhr fünfzig kam heraus:
Das Mädchen war schon außer Haus
Und hatte nicht nur als sowohl
Ihr Eigentum wie das Stanniol,
Fünf Löffel und ein Grammophon
Mit sich davongenommen.
Dann war zum erstenmal der Sohn
Mit blutgeschwollner Schläfe
Um elf erst heimgekommen.
Er äußerte, er sei nicht wohl,
Was das Stanniol beträfe,
So sei der Fall verschwommen,
Doch wolle er als studio jus
Auf keinen Diebstahl hoffen,

Abschiedsessen
Speisekarte für Ringelnatz, Hiddensee 1929

Zwar ––. Kurz, man merkte aus dem Schmus:
Er war total besoffen.
Der Vater brummte: »Unerhört!«
Die Frau beschwichtigte verstört.
Der Sohn sprach nichts, doch lachte.
Worauf der Vater sich empört
Selbst an die Bowle machte.
Die Mutter aber dachte
Tief nach, was man nun gieße.
Halb zwölf Uhr prägte sie den Satz,
Dass Zelluloid als Bleiersatz
Vielleicht sich gießen ließe.
Die Mutter sprach's und seufzte tief.
Der Vater schwieg, der Sohn, der schlief.
Und so verging geraume Zeit.
Der Zeiger wies dreiviertel schon.
Plötzlich erwachte Adolfs Sohn
Sowie ein allgemeiner Streit.
Der Vater, der beim Punsch zerstreut
Spie, schlürfte, spie und schlürfte,
Rief, dass der Satz vom Zelluloid
Ein großer Quatsch sein dürfte.
Der Sohn, obwohl gar nicht im Bild,
Erklärte, das sei Lüge.
Auf Lüge wurde Vater wild.
Mutter erteilte Rüge.
Die Rüge kam in falschen Hals,
Nicht in den Hals des Jungen.

Der Vater brummte: -- andernfalls
Sähe er sich gezwungen –.
Die Mutter schrie, das sei zuviel.
Der Sohn verkniff das Wort senil.
Der Streit ging in die Breite.
Man schimpfte, drohte, log und schwur.
Und jeder hatte dabei nur
Sich selbst auf seiner Seite.
Bis Stelzebehns ererbte Uhr
Auf einmal dreizehn Schläge schlug.
Das war so ungewöhnlich,
Dass alles sich versöhnlich
Die Hände gab und sich vertrug.
Die Mutter jammerte, sie sei
Ein Schaf und Zelluloid kein Blei.
Der Sohn bat unter Tränen,
Die Sache mit dem Alkohol
Sowie den Fall mit dem Stanniol
Nie wieder zu erwähnen.
Da trug der Vater Adolf froh
Den ganzen Punsch zum Waterclo.
So schien für alle Zeit vertuscht,
Dass er den Punsch total verpfuscht,
Da er, als er ihn mischte,
Statt Zucker Salz erwischte.
Nun küsste der Familienbund
Sich gegenseitig auf den Mund,
Und die Balkontür krachte.

Unten war große Keilerei.
Die Kirchentürme schlugen zwei –
Und ein Betrunkner lachte.
Die Sternlein blinkten mild und klar,
Als ob von dem, was ist und war,
Sie keine Ahnung hätten.
Rentmeisters riefen: »Prost Neujahr!«
Und gingen in die Betten.
Nur dass der Stelzebehnpapa
Noch mehrmals nach dem Punsche sah.
Wenn ihr nun, liebe Leser,
Euch füllt Silvestergläser,
Dann sei kein Salz in eurem Punsch.
Und möge – dies mein zweiter Wunsch –
Das Fest euch fröhlicher vergehn,
Als es verging Herrn Stelzebehn.

Ich habe heute den Schleier von meinem Käse gelüftet und habe diesen in ziemlich gutem Zustand gefunden. Ich gebe ihn zum Abendbrot auf die Back, wo er teils Grauen, teils Entzücken erregt und eine allgemeine Debatte über Käsearten hervorruft, an deren Ende mit drei Stimmen gegen eine anerkannt wird, dass ein Käse am besten schmeckt, wenn er schon bevölkert ist. Der Hauptverteidiger dieser Ansicht, Emil, hat unterdessen den Rest des Streitobjektes verschwinden lassen.

Nachts ziehe ich mir mein warmes Seejackett an und schlafe mit der köstlichen Vorstellung eines warmen Frühstücks ein.

Anbei gleich einmal unsere Speisekarte, die nur selten kleinere Abweichungen zeigt:

Frühkaffee. Kaffeewasser, Brot, Margarine und braunen Grobzucker.

Frühstück. Kartoffeln mit ein Paar Fleischresten, denen der Koch jeden Tag einen andern Namen beilegt, Brot, Margarine.

Mittagessen. Kalte Suppe aus gekochtem Wasser mit einer Möhre drin. Rindfleisch, Kartoffeln, Sauce und etwas Gemüse (Steckrüben oder dergleichen).

Nachmittagskaffee (wie früh).

Abendessen. Bratkartoffeln (von uns »Polierte« genannt), Brot, Margarine. Ich esse unheimlich viel, ohne fett zu werden, und habe immer noch Hunger. – Trocken werde ich den Tag über auch nicht mehr. Muss über Nacht mein einziges Paar Stiefeln stets auf den Ofen stellen. Südwester und Seestiefeln vermisse ich sehr. Die See geht hoch. Der trübe Himmel gibt dem Wasser eine graugrüne Färbung. Heute Nacht werden wir erst in den Kanal kommen. Wir haben am Nachmittag in 4 Stunden nur 23 Seemeilen gelaufen.

Verzeihe mir, Tagebuch, wenn ich jetzt einmal an meine Kümmelflasche gehe; aber wenn man den ganzen Tag bei solch kaltem Wetter in nassen Kleidern geschuftet hat, tut so ein Schluck gut.

Zum Frühstück. Es gibt Pfannkuchen, aus Wasser und Mehl zubereitet, und dazu Sirup, eine Kost, mit der ich unter den obwaltenden Umständen ganz zufrieden wäre, wenn sie zum Sattessen reichte. Außer diesem serviert man heißen Kaffee, oder, wie Jahn sagt, »Hurrawasser«.

Vom tiefen Schlaf in der engen Koje bin ich noch ganz in Schweiß gebadet. Ich werde eine Stunde ans Ruder geschickt.

[...] Wir liegen »bei« dem Winde, und da er von mäßiger Stärke ist, habe ich Muße, den Alten zu beobachten, der schon seit einer Stunde mit gekreuzten Beinen auf dem Achterdeck sitzt und seinen Papageien »Deutschland, Deutschland über alles« vorsingt, wobei er mit zwei eisernen Gegenständen auf dem Bauer trommelt. Schließlich erhebt er sich, kindlich lächelnd, um den Ameisenbär mit Kokosnuss zu füttern. Das Tier frisst aber keine Kokosnuss, sondern nur Stiefel, Decken und andere verbotene Nahrung. Es ist überhaupt ein ungezogenes und verschlagenes, aber höchst drolliges Tier. Neulich sah ich vom Ruder aus, wie es in der Kajüte sich heimlich an die Butterdose schlich. [...]

Mittag. Es gibt Pudding mit greulichen, verrotteten Backpflaumen und pro Mann drei Kartoffeln »zum Überbordwerfen«.

Dann muss ich das Geschirr aufwaschen oder vielmehr trocken abwischen. Alle schimpfen wieder auf den Koch. »Ist das ein Geburtstagsessen«, knurrte ich. Jahn fragt: »Wer hat denn Geburtstag?«

»Ich.«

»Allright! Dann musst du etwas ausgeben. Du kaufst Butter und Kognak beim Alten.«

Ich will mich nicht weigern, obgleich ich weiß, dass der Kapitän nach der Belizer Rumaffäre keinen Schnaps mehr gibt. So gehe ich also in die Kajüte:

»Kapitän, würden Sie vielleicht so freundlich sein, mir ein paar Zigarren oder eine Flasche Kognak zu verkaufen? Ich habe heute Geburtstag, und da möchte ich gern was ausgeben.«

»Du hast gar nicht Geburtstag, Nasenkönig, du lügst«, entgegnete der Alte mit Pathos.

»Ganz gewiss! Ich habe heute Geburtstag.«

Kleine Pause.

»Ich habe keine Zigarren, und Schnaps darf ich euch auf See nicht verkaufen. Ihr besauft euch sonst wieder.«

[...]

Es war ein imposanter Anblick, als das große Schlachtschiff »Baden« mit der Kaiserstandarte im Topp ganz vorsichtig langsam heranglitt. Auf den Decks standen hohe Militärs mit dicken Ärmelstreifen und breiten roten Hosenstreifen allzu noncholant herum. Der Kaiser in Großadmiralsuniform und mit dem Großadmiralsstab in der Hand verließ das Schiff. Er kam mir sehr ernst und sehr eitel vor. Er schritt rasch die aufgestellten Reihen ab und hatte für die Tafel und für das zerschossene Schiff nur einen flüchtigen Blick. »Guten Morgen, Matrosen!« grüßte er, obwohl es halb acht Uhr abends war, und ich hörte deutlich, wie von den Leuten, die allerdings schon seit morgens dort angetreten standen, viele statt Hurra »Hunger« riefen. So viel bemerkte ich. Später erfuhr ich dazu, dass der Kaiser wütender Stimmung gewesen wäre, dass er die Reserveoffiziere völlig ignorierte und nur den aktiven die Hand reichte und sich im übrigen sofort in seinen Hofzug zurückzog. Es gab dann noch eine große Aufregung in Cuxhaven, weil Majestät nach einem geräucherten Aal verlangte und ein solcher – wenigstens in kaiserwürdiger Größe – nicht aufzutreiben war.

Abschiedsworte an Pellka

Jetzt schlägt deine schlimmste Stunde,
Du Ungleichrunde,
Du Ausgekochte, du Zeitgeschälte,
Du Vielgequälte,
Du Gipfel meines Entzückens.
Jetzt kommt der Moment des Zerdrückens

Mit der Gabel! -- Sei stark!
Ich will auch Butter und Salz und Quark
Oder Kümmel, auch Leberwurst in dich stampfen.
Musst nicht so ängstlich dampfen.
Ich möchte dich doch noch einmal erfreun.
Soll ich Schnittlauch über dich streun?
Oder ist dir nach Hering zumut?
Du bist ein so rührend junges Blut. –
Deshalb schmeckst du besonders gut.
Wenn das auch egoistisch klingt,
So tröste dich damit, du wundervolle
Pellka, dass du eine Edelknolle
Warst, und dass dich ein Kenner verschlingt.

[Werbetexte für die Feinkostfirma Türk & Pabst]

Wie und was du gibst und gabst,
Wird entsprechend Früchte tragen.
Für die Zunge und den Magen
Schenke Feinkost TÜRK & PABST.

Die Sorgen kommen sowieso,
Sag »TÜRK & PABST« und iss dich froh.

TÜRK & PABST darfst du befragen,
Werden stets das Rechte sagen.

TÜRK & PABST will nur beweisen
Dass: »Geschmack gehört zum Speisen«.

Wenn es dir schmeckt, wo du dich labst,
Ist die Parole: »TÜRK & PABST«.

Und was die Qualität betrifft:
Nimm TÜRK & PABST als Überschrift.

IX

Gnadenbrötler, Lappalien und andere Grotesken

Das Leben ist ein Rutsch-Vorbei.

Morgenwonne

Ich bin so knallvergnügt erwacht.
Ich klatsche meine Hüften.
Das Wasser lockt. Die Seife lacht.
Es dürstet mich nach Lüften.

Ein schmuckes Laken macht einen Knicks
Und gratuliert mir zum Baden.
Zwei schwarze Schuhe in blankem Wichs
Betiteln mich »Euer Gnaden«.

Aus meiner tiefsten Seele zieht
Mit Nasenflügelbeben
Ein ungeheurer Appetit
Nach Frühstück und nach Leben.

Antwort an einen Kollegen

Ob du Artist, ob du Franz Liszt,
Ein Christ, ein Mist, ein sonst was bist, –
Bezweifle es. Und dir zum Heil
Bezweifle auch das Gegenteil.

Was dir die Ideale nimmt,
Der Satz: dass nichts, was zutrifft, trifft,
(Ein Satz, der darum selbst nicht stimmt)
Ist nur für Überlegene Gift.

Doch hüte dich, an diesen Satz
Zu glauben, gar ihn zu betonen.
Freu dich an Hatz und Schmatz und Spatz,
An Unzucht oder Kaffeebohnen.

Doch sollte etwas in dir wohnen,
Bewirkend, dass du mich verstehst
Und lachst und dankbar weitergehst
Und dennoch etwas Bessres weißt,
Dann glaub ich, dass du richtig reist.

Viel gesiebt

Ich habe versucht, einen Wind einzufangen.
Aber ich fand das Gefangene nicht.

Ich bin durch tiefe Wälder gegangen,
Wo der Wind ganz tief mit den Wipfeln spricht,

Wipfeln von ganz hohen Kiefern.
Ich sah im Moos eine Bierflasche liegen.
Wenn ich einem Bierversand
Die würde abliefern,
Bekäme ich zehn Pfennige Pfand.

Ich habe versucht, das viele Versuchen
Ganz aufzugeben.

Ich nahm einer Wanze das Leben,
Die mich nur gejuckt hat. --

Unsereiner
Wird immer kleiner,
Je tiefer er ins Leben geguckt hat.

Reklame

Ich wollte von gar nichts wissen.
Da habe ich eine Reklame erblickt,
Die hat mich in die Augen gezwickt
Und ins Gedächtnis gebissen.

Sie predigte mir von früh bis spät
Laut öffentlich wie im stillen
Von der vorzüglichen Qualität
Gewisser Bettnässer-Pillen.

Ich sagte: »Mag sein! Doch für mich nicht! Nein, nein!
Mein Bett und mein Gewissen sind rein!«

Doch sie lief weiter hinter mir her.
Sie folgte mir bis an die Brille.
Sie kam mir aus jedem Journal in die Quer
Und säuselte: »Bettnässer-Pille.«

Sie war bald rosa, bald lieblich grün.
Sie sprach in Reimen von Dichtern.
Sie fuhr in der Trambahn und kletterte kühn
Nachts auf die Dächer mit Lichtern.

Und weil sie so zähe und künstlerisch
Blieb, war ich ihr endlich zu Willen.
Es liegen auf meinem Frühstückstisch
Nun täglich zwei Bettnässer-Pillen.

Die isst meine Frau als »Entfettungsbonbon.«
Ich habe die Frau belogen.
Ein holder Frieden ist in den Salon
Meiner Seele eingezogen.

Es war einmal ein schlimmer Husten,
Der hörte gar nicht auf zu pusten.
Zwar kroch er hinter eine Hand,
Was jedermann manierlich fand.
Und doch hat ihn der Doktor Lieben
Mit Liebens Malzbonbon vertrieben.
Bemerkt sei noch: Für dies Gedicht
Bezahlte mich Herr Lieben nicht.

Auf dem Exerzierplatz herrschte ein gelles Durcheinander von Kommandos und Rufen. Man sah komische Szenen. In einem Winkel abseits, ganz allein, machte ein Mann dauernd Kniebeuge, streckte dabei einen Schemel von sich und brüllte im Takt dazu unaufhörlich: »Jawohl, Herr Kapitän!« Das war offenbar eine Strafübung für zu leises Sprechen. Nun hatte man aber den Mann vergessen, und von Rechts wegen muss er bis zu seinem Tode dort Kniebeuge machen und Schemel strecken: »Jawohl, Herr Kapitän!«

Arm Kräutchen

Ein Sauerampfer auf dem Damm
Stand zwischen Bahngeleisen,
Machte vor jedem D-Zug stramm,
Sah viele Menschen reisen

Und stand verstaubt und schluckte Qualm
Schwindsüchtig und verloren,
Ein armes Kraut, ein schwacher Halm,
Mit Augen, Herz und Ohren.

Sah Züge schwinden, Züge nahn.
Der arme Sauerampfer
Sah Eisenbahn um Eisenbahn,
Sah niemals einen Dampfer.

Morsche Fäden

Zu einem Trödler
Kam ein Greis mit einer sauern
Gurke,
Sprach: »Ich bin ein Gnadenbrötler
Bei einem Bauern.
Der ist ein Schurke.

Diese Gurke bringe ich aus Not.
Kleine Knöpfe möchte ich dafür.
Denn man kann sich nicht mit Gnadenbrot
Knöpfe kaufen für die Hosentür.«

Und der Trödlersmann verschmähte
Nicht die Gurke noch des Greises Wort,
Denn der kam ihm sehr bedürftig vor,
Sondern bückte sich und nähte
Hundert goldne Knöpfe ihm sofort
Eigenhändig an das Hosentor.

Und der Greis sprach: »Danke« und verneigte
Sich und ging mit offnem Hosenlatz
Selig durch die Straßen, und er zeigte
Allen Menschen seinen goldnen Schatz.

Bis ihn schließlich ein gewisses
Schicksal in ein Irrenhaus berief,
Ob Erregung öffentlichen Ärgernisses.
Bis er Knöpfe schluckte und entschlief.

Wie mag er aussehn?

Wer hat zum Steuerbogenformular
Den Text erfunden?
Ob der in jenen Stunden,
Da er dies Wunderwirr gebar,
Wohl ganz --- oder total -- war?

Du liest den Text. Du sinnst. Du spinnst.
Du grinst – »Welch Rinds'« – Und du beginnst
Wieder und wieder. – Eisigkalt
Kommt die Vision dir »Heilanstalt«.

Für ihn? Für dich? – Dein Witz erblasst.
Der Mann, der jenen Text verfasst,
Was mag er dünkeln oder wähnen?
Ahnt er denn nichts von Zeitverlust und Tränen?

Wir kommen nicht auf seine Spur.
Und er muss wohl so sein und bleiben.
Auf seinen Grabstein sollte man nur
Den Text vom Steuerbogen schreiben.

Lappalien

Auf einer Hochzeitsreise von Italien
Nach Senegalisch-Dakar
Gesellten sich zwei Lappalien
Und ein Deckoffizier zu dem jungen Paar.

Der Deckoffizier trat dazwischen,
Und die Lappalien baten ihn leise,
Sich einzumischen
Aufbauschenderweise.

Als die Lappalien beim Landen verschwanden,
Schritten das Paar und der Deckoffizier
Aufgeregt über den Pier,
Bis sie zuletzt eine Kerbe fanden.

Da wurde der Ehemann zornig blau.
Da schlug der Deckoffizier mit der Frau
In dieselbe Kerbe.
Da rief die Frau: »Zu Hilfe! Ich sterbe!«

Da wurde der Deckoffizier backbordrot
Und schoss den Ehemann tot.

Der Frankfurter Eherechtsanwalt Stett
Schickte zum Begräbnis zwei Dahlien,
Aß sieben Zwiebeln und ging dann zu Bett
Und verfluchte die beiden Lappalien.

Der Komiker

Ein Komiker von erstem Rang
Ging eine Straße links entlang.
Die Leute sagten rings umher
Hindeutend: »Das ist der und der!«

Der Komiker fuhr aus der Haut
Nach Haus und würgte seine Braut.
Nicht etwa, wie von ungefähr,
Nein ernst, als ob das komisch wär.

Im dunklen Erdteil Afrika
Starb eine Ziehharmonika.
Sie wurde mit Musik begraben.
Am Grabe saßen zwanzig Raben.
Der Rabe Num'ro einundzwanzig
Fuhr mit dem Segelschiff nach Danzig
Und gründete dort etwas später
Ein Heim für kinderlose Väter.
Und die Moral von der Geschicht? –
Die weiß ich leider selber nicht.

Die Brüder

Der Weekend traf den Weekbeginn:
»Guten Morgen!«
»Guten Abend!«
Sie mochten sich anfangs nicht leiden,
Und immer hatte von beiden
Der eine ein unrasiertes Kinn.

Trotz dieser trennenden Kleinigkeit
Lernten sie doch dann sich leiden

Und gingen klug und bescheiden
Abwechselnd durch die Zeit,

Und gaben einander Kraft und Mut.
Und schließlich waren die beiden
Nicht mehr zu unterscheiden.
Und so ist das gut.

Kleine Lügen und auch kleine
Kinder haben kurze Beine.

*

Das ABC ist äußerst wichtig.
Im Telefonbuch steht es richtig.

*

Der Klapperstorch hat krumme Beine.
Die Kinder werfen ihn mit Steine.
Aber Kinder bringt er keine.

Die Einsamkeit ist die Treppe zum Gedankenkeller. Sie ist selbstverständlich wertlos für denjenigen, der unten nichts auf Lager hat. Wer aber sein Fässchen oder gar Fässer, Tonnen dort liegen weiß – meistens die, welche oben nur wenig verzapfen –, dem fällt es nicht schwer, die Stunden in dieser erfrischend kühlen Tiefe totzuschlagen.

[…] drei Gasarbeiter erhoben Anklage gegen Fidje Pappendeik und beschuldigten ihn:

1. die Tochter des einen Gasarbeiters entführt und verführt zu haben,

2. im Ausland Spionage getrieben zu haben,

3. als fanatischer Anhänger einer kirchlichen Sekte zwei Waisenkinder totgetreten und beraubt zu haben.

Dies alles verübt während der drei Jahre nach seinem Start von der Siebenhenkerwiese.

Dieser hochsensationelle sexual-politische Ritualdoppelraubmord-Prozess musste unter freiem Himmel verhandelt werden. Die gesamte Einwohnerschaft, das rostige Fahrrad und die Siebenhenkerwiese waren zugegen. Die Verhandlung gestaltete sich nach der üblichen Einleitung etwa folgendermaßen:

STAATSANWALT. Wo fuhren Sie zunächst hin?

ANGEKLAGTER. In die Luft.

STAATSANWALT. Hatten Sie ein bestimmtes Ziel und welches?

ANGEKLAGTER. Ja, den Mond.

STAATSANWALT. Erreichten Sie ihn?

ANGEKLAGTER. Nein, ich verirrte mich und geriet auf den Fixstern Glyzerin. *(Bewegung im Publikum.)*

STAATSANWALT. Was taten Sie dort? Wie ging es zu? Wie lange blieben –? Erzählen Sie der Wahrheit gemäß und recht ausführlich. *(Atemlose Stille.)*

ANGEKLAGTER. Auf Glyzerin geht es genauso zu wie bei uns, bloß dass die Menschen dort nur von Leberwurst leben. *(Heiterkeit.)*

STAATSANWALT. Und was taten Sie dort?

ANGEKLAGTER. Ich aß sechs Monate lang Leberwurst. Dann bekam ich den Durchfall, übergab mich und radelte davon. *(Lärm, Pfui-Rufe.)*

STAATSANWALT. Ich verbitte mir jegliche Kundgebung seitens der Zuhörerschaft, sonst sehe ich mich genötigt, den Ausschluss der Öffentlichkeit zu be *(– Atemlose Stille.)*

STAATSANWALT. Angeklagter, berichten Sie weiter, genau und ausführlich. Wo fuhren Sie hin? Was trafen Sie wie? Wodurch?

ANGEKLAGTER. Ich geriet auf den Planeten Klopsia. Dort gibt es nur anständige Leute.

STAATSANWALT. Weiter! Weiter! Wieso? Was heißt das? Erzählen Sie doch! Welcher Gestalt taten Sie –?

ANGEKLAGTER. Ich legte mich in ein Kohlrabibeet, schlief zwei Jahre lang und radelte dann weiter.

STAATSANWALT. Häm – Sonderbar. – In der Tat. Aber die Methode ist uns nicht mehr neu. Wir kommen schon dahinter. Sprechen Sie weiter, Angeklagter. Wo? Nach welcher –?

ANGEKLAGTER. Ich landete auf dem Seitenmonde Exlibris.

STAATSANWALT. Exlibris?? *(Unruhe.)*

ANGEKLAGTER. Ja, Exlibris. Dort ging es fürchterlich zu. *(Hört! Hört!)*

STAATSANWALT. Fürchterlich? – Ruhe auf der Galerie! – Wollte sagen unter freiem Himmel. – Wieso fürchterlich?

ANGEKLAGTER. Ja. Ich kam todmüde an, entkleidete mich, ohne recht zu wissen wie, stopfte meine Kleider in den Schrank, kroch ins Bett und schlief gleich ein. Bis das Entsetzliche geschah. *(Alle Zuhörer stehen unwillkürlich auf.)*

STAATSANWALT. Welches Entsetzliche? Stocken Sie doch nicht fortwährend.

ANGEKLAGTER. Ich erwachte plötzlich. Die Lampe brannte. Da sah ich aus dem Türspalt des Kleiderschrankes einen nackten Arm herausragen, der mir meine zerknüllte Hose reichte, und eine hohle Stimme sagte: »Liederjahn!« Ich sträubte mein Haar, kroch unters Bettdeck. Und als ich wieder erwachte, hatte ich ein halbes Jahr verschlafen. Da radelte ich zur Erde zurück. *(Minutenlanger Lärm, dann Stille.)*

STAATSANWALT. Angeklagter, Sie haben bisher dreist gelogen.

ANGEKLAGTER. Ja.

STAATSANWALT. Wir wissen Mittel und Wege, Sie zahm zu machen. Aber erklären Sie uns jetzt zunächst einmal, wie Sie es fertigbringen, sich mit einem Fahrrad in die Luft zu erheben.

ANGEKLAGTER. Das kann ich nicht. Ich setze mich einfach drauf und fliege los.

STAATSANWALT. Quatsch! Ich setze mich auch einfach drauf und fliege nicht los. Also!?

DER ANGEKLAGTE *(schweigt).*

STAATSANWALT. Können Sie uns den Vorgang vielleicht praktisch vorführen?

ANGEKLAGTER. Ja. *(Es wird ihm das rostige Fahrrad gebracht. Angeklagter vormachend)* Ich ergreife die Lenkstange erst mit der linken, dann mit der rechten Hand. Dann setze ich den linken Fuß auf das linke Pedal. Dann hole ich ganz, ganz tief Atem. *(Allgemeines tiefes Atemholen.)*

STAATSANWALT. Das ist recht, so erzählen Sie vernünftig. Fahren Sie fort!

ANGEKLAGTER. Dann fahre ich fort. *(Er schwingt sich auf den Sattel und tritt an. Fährt ein Stück über den Rasen, hebt sich dann in die Luft und bewegt sich erst langsam, auf einmal sehr schnell gen Himmel.)*

Und kam nie zurück.

Zeichnung von Ringelnatz, 1924

X

Epilog: Der Geiger geigt oder Zwieback hat sich amüsiert

Zwieback hieß gar nicht Zwieback. Irgendwie war er zu diesem Spitznamen gekommen.

Niemals hatte er sich krank gemeldet. Er verrichtete den Dienst, den die anderen verrichteten, nur weniger gut als diese. Nie zeichnete er sich aus. In allem blieb er zurück, in allem, und das schmerzte ihn. Er begriff schwer, war ungeschickt und zerstreut beim Exerzieren. Seine Uniformstücke wiesen immer Flecke auf und karikierten die unschönen Formen seines Körpers.

Er hatte ein merkwürdig langes Gesicht, das durchaus nicht zur Uniform passte. Außerdem war er sehr klein, aber auch nicht der kleinste. Denn in nichts war er der Erste oder Letzte. Er wurde mit kränkender Selbstverständlichkeit übersehen von den anderen.

Und immer wieder verglich er sich mit diesen anderen. Das waren starke, wohlgebaute, frische Kerle. Sie sahen wirklich aus, wie Matrosen aussehen. Er, Zwieback, sah doch nicht aus, wie Matrosen aussehen. Und sie lebten mit so viel Leichtigkeit und Sicherheit.

[…]

Manchmal wachte Zwieback auf von dem aufgeregten Lachen, den jugendwilden Tritten der Zurückkehrenden. »Na, gut amüsiert?« fragte eine Stimme gähnend. »O, herrlich amüsiert!« antwortete jemand. In seinem Ton lag etwas von einem Trompetenstoß oder vom Wiehern eines Füllens. Und Frage und Antwort wiederholten sich. Laute und Worte drangen an Zwiebacks Ohr, die sich vor Befriedigtsein blähten.

Aus halboffenen Augen beobachtete er die, denen er unsäglich neidisch und sehnsüchtig zuhörte.

Die hatten das Geld, um in Wirtshäusern lustig zu sein. Die hatten ihre Mädchen. Die verstanden zu tanzen, hatten Freunde in Schlägereien und wurden nicht wegen vornehmer Manieren verspottet.

O, herrlich amüsiert. – Das Wort hatte sich in Zwiebacks Gehirn eingenistet und ließ ihn unruhig träumen. – – –

[…]

Die »Nymphe« lag jetzt vor Warnemünde.

Zwieback fuhr an Land. Er wollte heute außergewöhnlich leben, lustig, richtig vergnügt sein und auf bessere Art, als die anderen es waren. Er wollte nachts auch einmal antworten können: O, herrlich amüsiert! Er wollte einmal von den anderen beneidet werden. – –

Bald stapfte er durch die beruhigenden Flächen

feinen Dünensandes am Wasser entlang, an unförmigen Strandkörben, an müßigen und lebhaften Gruppen eleganter Badegäste vorbei und erwartete ein Erlebnis.

[...]

Aber es kam nicht so. Niemand sprach ihn an. Man sah ihm wohl nach. Manchmal schien es, als ob man hinter ihm lachte.

Er setzte sich nieder, schlang die Arme um die eingezogenen Beine, starrte nach der »Nymphe«, aufs Meer, in den Himmel und merkte auf einmal, wie hell und warm die Luft war. –

»– kommt --- Kiel?«

Zwieback wandte scharf den Kopf und gewahrte zwei jüngere Herren in tadelloser Kleidung. Er hatte die Frage nicht verstanden und sagte das, sich erhebend.

Irgendwelche Auskunft wurde erbeten und gegeben. Die Herren waren ausgesucht höflich, und Zwieback gefiel sich darin, ebenso zu sein. Später saßen sie vor einer Flasche mit repräsentabler Etikette und hatten Namen genannt. Zwieback sprach. Er sprach von Torpedos, Granaten, Ankermanövern, Bootsmanövern, Landungsmanövern, Rettungsmanövern, Regatten, Salutschießen, Hängematten, Strafexerzieren, Nachtsignalen, »Klar Schiff«, wollenem Unterzeug, Matrosenkost, Funkenmimik und meteorologischen Drachen. Von sich selbst sprach er nicht. [...] In die Welt »Marine« sollten sie blicken, so wie Kinder eine große, brausende Maschine betrachten --

»Fühlen Sie sich dort wohl?«

Das lange »O ja«, das Zwieback, tief Atem holend, zurückgab, klang wie nein.

Und es stand in gewissem Zusammenhang mit diesem Klange, dass eine Rose für den Matrosen gekauft wurde. --

Wie er ersehnt, erkundigte sich an Bord jemand: »Na, Zwieback, wie war's?«

»O«, rief er und rief es mit Siegerstimme, »fein, herrlich amüsiert!«

»Zwieback hat sich amüsiert!« klang es aus verschiedenen Richtungen, und das Wort ging herum. Leute fuhren aus halbem Schlaf empor, eilten, nur mit Unterzeug bekleidet, herbei, um zu sehen, wie Zwieback aussah, wenn er sich amüsiert hatte. Sie bestaunten ihn lächelnd, deuteten auf die Rose, die neben seiner Mütze lag, und wollten Näheres wissen.

Aber er gab nur einige stolze, raffiniert ausgedachte Andeutungen, während er sich entkleidete und seine Hängematte aufknüpfte.

Dabei schnitt er alberne, unnatürliche Grimassen, um zu verbergen, wie es ihn freute, beneidet zu werden. Liegend, die Rose nahe am Mund, schloss er die Augen. Es wurde still.

Einmal noch hörte er ganz ferne sagen: »Zwieback hat sich amüsiert.«

In seinen Gedanken wiederholte sich das Wort vielmals. Ja, es war herrlich gewesen!

»Selbstbildnis von Joachim Ringelnatz«, 1923

Liedchen

Die Zeit vergeht.
Das Gras verwelkt.
Die Milch entsteht.
Die Kuhmagd melkt.

Die Milch verdirbt.
Die Wahrheit schweigt.
Die Kuhmagd stirbt.
Ein Geiger geigt.

HELP *(hinauswinkend)*. Langsam!

KANIN. Vorsicht! Vorsicht!

<table>
<tr><td>BRANDMAIR</td><td rowspan="2">(schreien draußen gleichzeitig)</td><td>Sauhund! Uh – äh!!</td></tr>
<tr><td>FRICK</td><td>Kerl! Ei – ei – ei – – –</td></tr>
</table>

(Anschließend ein lauter Krach. – Stille. – Kurze Pause.)

HELP *(aus dem Fenster gebeugt, lacht)*. Ha ha ha! *(Vom Fenster zurücktretend.)* Ha ha ha!

(Alle lachen, lachen – –)

(Alle lachen. Vorhang fällt.)

»Ich habe die kleine Rolle einer Urgroßmutter (hässlich spinnenartige Person)« (Br, 300), Szene aus dem Stummfilm *Am Rande der Großstadt*, 1923 (mit Siegfried Behrisch, rechts)

Textnachweise

Al	Joachim Ringelnatz: Allerdings. Berlin: Rowohlt, 1928.
Br	Joachim Ringelnatz: Briefe. Hrsg. von Walter Pape. Berlin: Henssel, 1988.
Deutsche Jugend	Deutsche Jugend. Hrsg. von Julius Lohmeyer. NF Bd. 11. Hamburg: Verlagsanstalt und Druckerei AG, 1894.
Die Lese	Die Lese. Literarische Zeitung für das Deutsche Volk. Hrsg. von Theodor Etzel und Georg Muschner. H. 11, 2. Jg./Ausgabe B (18. März 1911).
Die Woche	Die Woche. Berlin 1914 und 1926.
Ejl	Ein jeder lebt's. Novellen von Hans Bötticher. München: Langen, 1913.
FG	Joachim Ringelnatz: Flugzeuggedanken. Berlin: Rowohlt, 1929.
FlR	Joachim Ringelnatz: Die Flasche und mit ihr auf Reisen. Berlin: Rowohlt, 1932.
G 1910	Hans Bötticher: Gedichte. München/Leipzig: Hans Sachs-Verlag, 1910.
GEH	Joachim Ringelnatz: Gedichte. Gedichte von Einstmals und Heute. Berlin: Rowohlt, 1934.
GG	Joachim Ringelnatz: Und auf einmal steht es neben dir. Gesammelte Gedichte. Berlin: Büchergilde Gutenberg, 1955.
GKSB	Joachim Ringelnatz: Geheimes Kinder-Spiel-Buch mit vielen Bildern. Potsdam: Kiepenheuer, 1924.
GSchp	Joachim Ringelnatz: Die gebatikte Schusterpastete. Berlin-Wilmersdorf: Meyer, 1921.

GW	Joachim Ringelnatz: Das Gesamtwerk in sieben Bänden. Hrsg. von Walter Pape. Berlin: Henssel, 1982–85.
IM	In Memoriam Joachim Ringelnatz. Eine Bibliographie, eingefügt in biographische Notizen, unveröffentlichte Gedichte und Erinnerungen der Freunde. Leipzig: Poeschel & Trepte, 1937.
KD	Joachim Ringelnatz: Kuttel Daddeldu. Zeichnungen von Karl Arnold. München: Wolff, 1923.
KIZ	Kölnische Illustrierte Zeitung. Nr. 36 (6. September 1930).
Klinckowstroem	Carl Graf Klinckowstroem: Carl Georg von Maassen zum Gedenken. München 1951.
KVB	Joachim Ringelnatz: Kinder-Verwirr-Buch mit vielen Bildern. Berlin: Rowohlt, 1931.
KW	Joachim Ringelnatz: Kleine Wesen. 13 Versgeschichten illustriert von Wolfgang Würfel. Berlin: Altberliner Verlag, 1989.
liner Roma	Joachim Ringelnatz: …liner Roma… Mit 10 Bildern von ihm selbst. Hamburg: Asmus, 1924.
Ma	Joachim Ringelnatz: Matrosen. Erinnerungen, ein Skizzenbuch: handelt von Wasser und blauem Tuch. Berlin: Internationale Bibliothek GmbH, 1920.
MiK	Gustav Hester: Als Mariner im Krieg. Hrsg. von Joachim Ringelnatz. Berlin: Rowohlt, 1928.
MLK	Joachim Ringelnatz: Mein Leben im Kriege. Berlin: Henssel, 1951.
MhB	Muggendorfer's humoristische Blätter 8 (Esslingen: Schreiber, 1896). Nr. 303.
Muhr	Adelbert Muhr: Joachim Ringelnatz, der dich-

	tende Seefahrer. In: Neues Wiener Journal. 32. Jg., Nr. 10.873 (26. Februar 1924). S. 8.
Na	Joachim Ringelnatz: Der Nachlaß. Berlin: Rowohlt, 1935.
RA	Joachim Ringelnatz: Reisebriefe eines Artisten. Berlin: Rowohlt, 1927.
Schiffstagebuch	Fritz Heiter [d. i. Joachim Ringelnatz]: Aus meinem Schiffstagebuche. Mit 20 Randzeichnungen von Fritz Koch. In: Auerbach's Deutscher Kinder-Kalender auf das Jahr 1908. Leipzig. 26. Jg. 1907. S. 118–137.
Schn	Die Schnupftabaksdose. Stumpfsinn in Versen und Bildern von Hans Bötticher und R. J. M. Seewald. München: Piper, 1912.
Simpl. K. K.	Simplicissimus Künstler-Kneipe und Kathi Kobus. Hrsg. vom Hausdichter Hans Bötticher. München: Selbstverlag, [1909].
T&P	Charakter-Deutung. Stichworte zu den Fabrikaten und Rezepten von Türk & Pabst. Verfaßt von Joachim Ringelnatz. Frankfurt a. M. [1933]. [Leporello der Frankfurter Feinkostfirma Türk & Pabst mit Texten und Bildern von Joachim Ringelnatz.]
Tu	Joachim Ringelnatz: Turngedichte. Zeichnungen von Karl Arnold. München: Wolff, 1923.
WMO	Joachim Ringelnatz: Die wilde Miß vom Ohio und andere ungewöhnliche Geschichten mit 42 Handzeichnungen von ihm selbst. Berlin: Eulenspiegel Verlag, 1977.
Wo	Hans Bötticher: Die Woge. Marine-Kriegsgeschichten. München: Langen, 1922.

Zur Textgestalt

Die Texte werden nach den genannten Ausgaben bzw. Zeitschriften mit den jeweiligen Siglen sowie Seitenzahlen zitiert. Die Orthographie wurde behutsam modernisiert, die Interpunktion folgt weitgehend der Druckvorlage. Textauslassungen sind durch Auslassungspunkte in eckigen Klammern gekennzeichnet. Druckfehler wurden stillschweigend korrigiert.

Die Zeichnungen stammen von Joachim Ringelnatz.

I

Prolog oder »Gehupft wie gesprungen«

17 Motto IM 49. | 1 KW 2. | 2 GSchp 3. | **18** liner Roma 48.

II

Ringelnatz, Daddeldu & Co. – Streifzüge durch ein Leben

19 1 MLK, 7. | 2 Die Lese, 162. | **21** Muhr, 8. | **23** G 1910, 41 f. | **25** KIZ, 1078. | **26** MLK, 12. | **27** MLK, 33 f. | **29** 1 Br, 69 (an Rolf Hoerschelmann, 7. Juli 1915). | 2 MiK, 163 f. | **30** MiK, 164 f. | **32** KD, 4, 7. | **34** GG, 454. | **35** FG, 91 f. | **36** Ma, 32 f., 75, 78–80, 83 f., 111, 114, 118, 155 f. | **46** Br, 178 (an »Muschelkalk«, 23. Januar 1921). | **47** GG, 428 f. | **48** Simpl.KK, 13–15. | **51** Br, 199 f. (an »Muschelkalk«, 20. März 1921). | 2 IM, 79. | **53** 1 Br, 476 (an Otto Linnemann, 25. April 1934). | 2 GG, 469.

III

über die natzige Zoologie

55 Motto Al, 106. | Al, 27 f. | **57** 1 Deutsche Jugend, 340. | 2 GKSB, 1 f. | **58** 1 Schn, 30. | 2 Schn, 21. | **59** 1 KD, 50. | 2 Schn, 5. | **60** 1 KD, 96. | 2 WMO, 17 f. | **61** MiK, 193, 197. | **62** Schn, 3. | **63** KVB, 19. | **64** 1 Schn, 7. | 2 GG, 496. | **65** Klinckowstroem, [o. P.]. | **69** WMO, 117–122. | **73** FIR, 43. | **74** Schn, 18. | **75** 1 RA, 17. | 2 KVB, 8.

IV

Ringel-Märchen oder Es war einmal

76 Motto Ejl, 105. | KD, 77. | **77** WMO, 42–44. | **79** WMO, 110–116. | **82** G 1910, 19. | **83** G 1910, 18. | **84** GG, 502 f. | **85** KD, 36, 39 f. | **87** 1 Tu, 28. | 2 Schn, 32. | **88** 1 Schn, 48. | 2 GSchp, 7. | **89** Schn, 8.

V

Wortspiele – »Habe Wahrheit mit Dichtung gemengt«

90 Motto MLK, 297. | 1 Br, 209 (an »Muschelkalk«, 6./7. August 1921). | 2 MLK, 248. | 3 MiK, 213–215. | **93** MLK, 304 f. | **95** MLK, 310. | **96** Ma, 89, 92 f., 96. | **98** FG, 2. | **100** 1 GG, 478 f. | 2 GG, 406 f. | **101** 1 Schn, 34. | 2 GG, 400. | **102** GG, 124. | **103** KD, 16. | **104** WMO, 31–35. | **109** Die Woche 16 (27. Juni 1914), 1100–02.

VI

»Ibich habibebi …«: Wo die Liebe eben so hinfällt

118 Motto Schn, 47. | 1 KD, 61. | 2 Schn, 35. | **119** GG, 410. | **120** 1 GG, 417. | 2 KD, 8, 11. | **122** 1 Al, 146. | 2 FG, 84 f. | **125** GG, 481 f. | **126** GEH, 11. | **127** 1 GG, 422. | 2 GG, 413. | **128** Al, 7. | **129** 1 Br, 474 (an »Muschelkalk«, 21. Februar 1934). | 2 Al, 99. | 3 Wo, 69–73. | **135** 1 KD, 62. | 2 RA, 9 f. | **137** Schn, 4.

VII

Poetische Purzelbäume im Land der Turner und Denker

138 Tu, 13. | **139** 1 KW, 20. | 2 Tu, 3. | **140** Tu, 10–12. | **143** GG, 473. | **144** Tu, 31 f., 35. | **147** 1 Tu, 39 (*Boxkampf*). | 2 FG, 147. | **148** KD, 74.

VIII

Natz-trowje oder »Iss dich froh«

150 1 MLK, 334. | 2 WMO, 58. | 3 MhB, 26 f. | **152** Die Woche 28 (2. Januar 1926), 16 f. | **158** Schiffstagebuch, 125. | **160** MLK, 174–178. | **161** MiK, 296. | **162** GG, 487. | **163** 1 T & P, [o. P.].

IX

Gnadenbrötler, Lappalien und andere Grotesken

165 Motto GG, 427. | GG, 405. | **166** 1 RA, 137. | 2 GG, 492. | **167** Al, 149 f. | **168** Schn, 42. | **169** 1 MiK, 241. | 2 KVB, 33. | **170** FG, 148. | **171** 1 GG, 490. | 2 RA, 64. | **172** Al, 86. | **173** 1 Schn, 28. | 2 RA, 124. | **174** 1 KVB, 7. | 2 WMO, 59. | **175** WMO, 26–30 (*Der arme Pilmartine*).

X

Epilog: Der Geiger geigt oder Zwieback hat sich amüsiert

179 Ejl, 20–27 (*Zwieback hat sich amüsiert*). | **183** GG, 391. | **184** GW 3,223.